RÉVEILLON A TANGER

*Paul Bowles*

# RÉVEILLON A TANGER

*Traduit de l'anglais*
*par Claude-Nathalie Thomas*

*Quai Voltaire*

*Titre original :*

Midnight Mass

# RÉVEILLON A TANGER

IL arriva à Tanger vers midi et monta tout droit à la villa. Sous la pluie, la cour extérieure manquait d'attraits. Des bananiers morts pourrissaient sur le sol carrelé. La vieille Amina qui l'avait aperçu de sa cuisine vint à sa rencontre à travers l'averse, en se dandinant; il remarqua derrière elle des piles de cageots vides et le cadre rouillé d'une vieille balançoire.

La soupe qu'Amina lui servit au déjeuner ressuscita brusquement son enfance. La recette n'avait pas varié : le potiron et le cumin dominaient toujours. Soudain, il prit conscience d'un courant d'air froid et il appela Amina. Un carreau était cassé à la fenêtre de la cuisine. Il lui rappela qu'il avait envoyé de l'argent pour le remplacer. Mais le vent, lui dit-elle, était revenu et l'avait défoncé à nouveau. Cette fois-ci, ils avaient trouvé inutile de refaire la réparation. Il lui dit de fermer la porte de la cuisine. Elle lui obéit mais cela n'améliora pas beaucoup les choses.

Il fit le tour de la maison, passant dans chaque pièce. De l'ancienne demeure dont il gardait la mémoire, il ne restait qu'une coquille vide. La plupart des meubles avaient disparu ainsi que les tapis et les rideaux. Quand il découvrit qu'aucune des six cheminées ne tirait et que toutes crachaient une épaisse fumée, il commença à se demander si vraiment il pourrait utiliser la maison pour les vacances de Noël, tout au moins cette année-là.

C'était le seul legs que sa mère lui avait fait, et encore, non sans réticence :

– Pourquoi veux-tu la maison de Tanger? tu ne t'en serviras jamais.

– Mais si, avait-il objecté, je l'aime! C'est là que j'ai grandi, après tout. Pour finir, elle consentit à la lui laisser, mais elle entreprit aussitôt de la vider de tous les objets de valeur. Un tapis pour un ami, un chiffonnier pour un autre; pour le troisième, une commode – de sorte qu'à l'époque de sa mort, la maison se trouvait sans doute à peu près dans son état actuel. Durant les huit années écoulées depuis, sa femme lui avait suggéré à plusieurs reprises d'aller sur place se « rendre compte », mais comme ce qui l'intéressait, elle, c'était surtout la possibilité de vendre la maison, alors qu'il était résolu à n'en rien faire, il n'avait pas bougé.

Maintenant, la villa était plus détériorée encore qu'il ne l'aurait cru. Ingénument, il avait pensé qu'en payant les domestiques régulièrement, il s'assurait quelques efforts d'entretien de leur part. Il espérait se laver les mains à l'eau chaude pour enlever les traces de suie venant des cheminées. Mais Mohammed lui expliqua que le chauffe-eau ne fonctionnait déjà plus l'année précédant la mort de Madame. L'ouvrier qu'elle avait fait venir pour le réparer avait dit qu'il fallait remplacer toute l'installation; à partir de ce moment-là, elle s'était lavée à l'eau froide. Ainsi, pensa-t-il sans indulgence, tout en s'essuyant les mains avec une serviette trop fine destinée aux invités (elle avait fait cadeau de toutes les serviettes éponge), ainsi, elle pouvait se permettre de laisser la vieille madame Schreiber emporter un tapis de plusieurs milliers de livres, mais elle n'avait pas les moyens de prendre un bain chaud...

Il sortit dans le jardin. La pluie avait cessé, mais le vent soufflait dans les arbres et à chaque mouvement des branches, de grosses gouttes tombaient encore. Il leva les yeux sur l'énorme façade blanche et s'émerveilla d'avoir pu la trouver majestueuse autrefois. Elle avait plutôt l'air d'un vieux pavillon d'exposition abandonné.

A la fin de l'après-midi, il se sentit tout à fait gelé. La maison était trop près de la mer. Le vent qui s'élevait de la falaise, chargé d'embruns, venait frapper les fenêtres. S'il voulait regarder le jardin, un rideau de sel lui en voilait les formes.

Dans la bibliothèque, il dénicha un radiateur électrique, ancien, mais capable de diffuser une modeste chaleur. Les persiennes closes, la porte fermée, il s'empara d'un livre au hasard et se jeta dans un fauteuil. Il lut quelques minutes puis passa à la fin du livre et se mit à composer sur la page de garde un télégramme pour sa femme : ANNULER VOL MAISON INHABITABLE RÉPARATIONS URGENTES REVIENDRAI DÉBUT JANVIER HÉLAS PASSERONS NOËL SÉPARÉS PRÉVOIS PÂQUES ICI SAISON MEILLEURE TENDRESSES. Soudain, il se rappela que le début du printemps était parfois glacial, lui aussi. Mais au moins, les cheminées seraient réparées.

Il avait prié sa banque à Tanger de lui faire brancher le téléphone; néanmoins, ce fut une agréable surprise d'entendre au bout du fil la voix de la téléphoniste. Les difficultés commencèrent avec l'orthographe de son nom et de l'adresse : « M, comme Marseille? R, comme Robert? » Il y eut une succession de « clics »; la communication s'affaiblit et s'effaça tout à fait. Il raccrocha et demanda un taxi. Le chauffeur qui vint le chercher l'attendit devant le bureau de poste.

Les premières nuits, il dormit mal. Les draps étaient humides et les couvertures insuffisantes. Malgré les fenêtres fermées, le vent venu de la mer soufflait à travers la vaste chambre à coucher. Chaque matin, bien avant le lever du soleil, un couple de hiboux s'installait dans les cyprès les plus proches et s'appelait d'un arbre à l'autre... Il avait entendu ce bruit bien des fois dans son enfance. Mais à l'époque, cela ne l'empêchait pas de dormir.

Le vent changea et, par un temps plus ensoleillé, les ouvriers purent se mettre à refaire les cheminées. La maison s'emplit de Marocains en salopette et bottes de caoutchouc. C'était le ramadan, ils travaillaient en silence, sans se parler, concentrés sur leur faim et leur soif.

Le dernier dimanche avant Noël, le ciel était d'un bleu très vif et sans nuages. Grâce au vent du nord, les montagnes de l'Espagne paraissaient extraordinairement proches. Les ouvriers ne venaient pas ce jour-là et il décida d'aller se promener. Les flaques de pluie avaient séché. L'air charriait des odeurs de plantes et la senteur des feux de bois. D'humeur moins morose, il eut l'idée d'inviter quelques personnes à prendre un verre, le soir du vingt-quatre décembre. Ce serait plus agréable que d'avoir à sortir et il ne pouvait supporter la perspective de passer cette soirée dans la maison, tout seul.

Une petite voiture blanche pénétra dans son champ de vision et s'arrêta devant une grille en fer forgé, à une centaine de mètres de lui. En s'approchant, il reconnut madame Dervaux. Dès les premières salutations, il mentionna son projet pour la veille de Noël et lui proposa de venir, accompagnée de qui elle voudrait. Elle accepta aussitôt ; elle essayerait, dit-elle, de lui amener des gens intéressants. Il retint de justesse une réponse ironique, voyant qu'elle était parfaitement sérieuse.

Au cours des jours suivants, il fit quelques autres invitations. L'identité des invités ne lui importait guère, car il voulait simplement peupler un peu sa maison ce soir-là ; cependant, il se réjouissait à l'idée que sa mère, il en était certain, n'eût jamais convié chez elle aucun des hôtes prévus.

Le soir de Noël, le temps était clair et calme. La lune à son zénith emplissait la cour de sa lumière éclatante, mais froide. Amina venait d'apporter le dernier plateau de verres dans le hall, quand le docteur arriva. Une fois assis, avec un verre de gin-tonic, il examina la pièce autour de lui en fronçant les sourcils.

– Votre mère a eu la vie dure dans cette maison, dit-il. C'était humide, et bien trop grand pour elle.

Conscient du ton sec que prenait sa voix, il répondit :

– Elle a choisi de rester ici. Elle adorait cette maison et n'aurait jamais consenti à s'installer ailleurs.

Le pasteur fit son entrée, essoufflé et souriant. C'était son premier hiver au Maroc, et le docteur jugea bon de lui donner des explications sur le climat.

Laissant ses deux hôtes en pleine conversation, il passa dans la bibliothèque pour y allumer le feu que Mohammed avait dressé dans la cheminée. Ensuite, il demanda à Amina d'apporter encore des bougies et les disposa autour de la pièce. Il savait que les invités finiraient par se regrouper là, car ailleurs, il y avait très peu de meubles.

Un bruit de rires lui parvint de la cour. Madame Dervaux entra, suivie de plusieurs personnes plus jeunes. Se dirigeant tout droit vers le maître de maison, elle lui présenta un immense bouquet de narcisses.

– Sentez! lui dit-elle. Je les ai cueillis cette après-midi à Sidi Yamani. Les prés en sont couverts.

Il se dépêcha d'emporter les fleurs à la cuisine pour les faire mettre dans de l'eau. Madame Dervaux lui emboîta le pas, en déversant un flot de paroles. Elle lui avait amené, lui dit-elle, un poète, un peintre et un philosophe, tous marocains. Après coup, elle ajouta :

– Et une charmante jeune Indienne qui habite Paris. Vous voyez bien...

Se rappelant qu'elle avait promis de lui fournir des « gens intéressants », il serra les dents. Finalement, il murmura : Hmmm...

En revenant au salon, ils trouvèrent monsieur Vandeventer qui occupait le centre de la pièce, légèrement éméché par une précédente réception. Le pasteur avait accompagné les jeunes gens dans la bibliothèque. Madame Dervaux, entendant leurs rires, les rejoignit sans tarder.

Il installa Vandeventer auprès du médecin, se versa une généreuse ration de scotch et s'éclipsa en direction de la bibliothèque. Du seuil, il entendit le pasteur qui taquinait l'un des jeunes Marocains :

– Vous devriez faire attention. Sinon, un de ces quatre matins, vous risquez de vous réveiller en enfer.

– Oh, non! répondit le jeune homme, d'un ton détaché. L'enfer est seulement pour ceux qui n'ont pas assez souffert ici-bas.

Le pasteur eut un mouvement de surprise.

Vite, craignant que la conversation ne dégénère en querelle religieuse entre ses hôtes, il s'approcha du groupe.

– Et vous, s'enquit-il, prenant à partie le jeune Marocain, vous avez suffisamment souffert?

– Trop, répondit celui-ci avec simplicité.

Madame Dervaux se leva et demanda à faire le tour du propriétaire. Il protesta et lui dit qu'il n'y avait rien à visiter que des chambres vides.

– Mais nous pouvons les voir, ces chambres! Et monter sur le toit! Il y a une vue magnifique.

– Dans le noir?

– Au clair de lune, oui, au clair de lune! répliqua-t-elle, débordante d'enthousiasme. Les Marocains murmurèrent leur approbation.

– Venez, alors, acquiesça-t-il et tous le suivirent.

Un ménage de jeunes Français qui enseignaient au lycée Regnault entra à ce moment-là, accompagné d'un autre couple venant de Casablanca. Cela l'obligea à abandonner son petit groupe de touristes au pied de l'escalier, afin d'offrir à boire aux nouveaux venus. Il en profita pour se verser un autre verre de whisky, à emporter pendant la visite.

Sur le chemin, plusieurs ampoules refusèrent de s'allumer, de sorte que l'escalier comportait plus de zones d'ombre que de parties éclairées. Avant même d'entrer dans la tour, ils entendirent le grondement des vagues.

Il passa devant et ouvrit une fenêtre; ainsi ils purent se pencher au-dehors et contempler la silhouette noire des falaises. Quelques points lumineux scintillaient de l'autre côté du détroit en Espagne, seules lumières visibles dans le paysage.

– Le bout du monde! observa le pasteur en retirant sa tête de la fenêtre.

Un instant plus tard, quand ils eurent regagné la galerie, le jeune Marocain à qui il avait parlé dans la bibliothèque le rattrapa et se mit à cheminer à ses côtés.

– C'est très dangereux de me montrer toutes ces pièces vides, dit le jeune homme. C'est comme de faire voir de la nourriture à un homme qui meurt de faim.

– Que voulez-vous dire? interrogea-t-il, l'esprit ailleurs.

– Je suis obligé de vivre avec ma famille, voyez-vous, et il n'y a de place nulle part. Une chambre est la chose que je désire le plus au monde. Presque chaque nuit, je rêve que j'ai une chambre à moi où je peux peindre. Alors, quand je vois autant de pièces vides, cela me met l'eau à la bouche. C'est naturel.

– Oui, j'imagine.

Les confidences du jeune peintre le gênaient; elles mettaient en relief la disparité de leurs situations respectives et lui donnaient un vague sentiment de culpabilité.

A présent, madame Dervaux réclamait à grands cris qu'il les emmène sur le toit.

Il refusa :

– Il n'y a pas de balustrade.

– Nous resterons sur place, sans bouger, dans le clair de lune, insista-t-elle. Personne ne s'approchera du bord.

Il s'arrêta net, et la considéra, le regard fixe.

– Cela est exact, répondit-il. Car personne ne sortira sur le toit.

Elle fit la moue un instant, mais au bout d'une minute, elle reprit son bavardage.

En descendant, il se tourna vers le peintre, qui était toujours près de lui.

– Je devrais passer plus de temps ici, lui dit-il avec une note d'excuse dans la voix. Mais en réalité, ce n'est pas très vivable.

– Comment pouvez-vous dire cela? Cette maison est superbe!

– Le vent la traverse de part en part, poursuivit-il comme si l'autre n'eût rien dit. Il y a des rats dans les murs, pas d'eau chaude, et nous sommes privés de notre téléphone au moins la moitié du temps.

– Mais cela est pareil partout. La seule différence est qu'ici, c'est dix fois plus grand.

Jusqu'à présent, il avait feint d'ignorer où le peintre voulait en venir; maintenant, il répondit :

– Je ne demanderais pas mieux que d'en découper une chambre, de l'envelopper et de vous l'offrir pour la rapporter chez vous.

Le Marocain sourit :

– Pourquoi l'emporter? Elle pourrait aussi bien se consommer sur place.

Il rit. La manière dont le Marocain avait repris sa métaphore lui plaisait.

– Oui, en effet, c'est une façon de voir, convint-il au moment où ils se retrouvèrent sur le seuil de la bibliothèque.

– Allez donc au bar, dit-il à ceux qui les suivaient. Mohammed vous servira.

Le fond de la bibliothèque communiquait avec une pièce qui formait une aile séparée et qu'autrefois on appelait l'orangerie. Maintenant, elle était vide et fermée, à cause du vent qui passait par les verrières.

En revenant du bar, il aperçut madame Dervaux qui ouvrait grand la porte, d'un geste brusque et théâtral.

– Mon Dieu! s'écria-t-elle. C'est donc ici que les cadavres sont enterrés!

La bibliothèque était pleine de monde; il ne put la traverser assez vite pour l'empêcher d'entraîner à la fois le peintre et le poète derrière elle dans la pièce obscure.

Il passa la tête par la porte et appela :

– Il n'y a pas de lumière et l'on ne peut pas laisser la porte ouverte. Je vous en prie, revenez!

Comme ils ne répondaient pas, il referma la porte.

Madame Dervaux poussa un petit cri; il s'accorda quelques instants, puis il maintint le battant entrouvert pour qu'ils puissent retrouver leur chemin.

Madame Dervaux sortit en riant, mais non sans lui lancer un regard de reproche. Le poète continuait, imperturbable sa critique de Baudelaire, mais le peintre ne l'écoutait plus.

– Quel atelier cela ferait! murmurait-il.

– C'était terrifiant, cet horrible endroit, sans un rayon de lumière! confiait madame Dervaux à la jeune Indienne.

Elle était insupportable.

– Mais, madame, lui dit-il, les cadavres se savourent en général dans l'obscurité.

– Un atelier fantastique! poursuivit le peintre. Exposé au nord. Rien que des arbres, et la mer. Un paradis!

Il se tourna vers le jeune homme :

– Le plafond est en miettes, la pluie a tout inondé. A mon avis, c'est inutilisable!

Le pasteur et le médecin se préparaient à partir. Les couples français délibéraient sur le meilleur chemin à prendre pour aller à la réception suivante. Vandeventer, appuyé contre une paroi afin de tenir debout, était entré en discussion avec la jeune Indienne. Chacun consultait sa montre.

– Si nous voulons aller à la messe de minuit, il faut partir tout de suite, déclara madame Dervaux.

D'un pas lent, Vandeventer s'approcha du groupe.

– Avez-vous jamais entendu de pareilles sornettes, dit-il : trois musulmans, une athée et une hindouiste qui se précipitent pour assister à la messe de minuit? C'est ridicule, non?

– Eh bien, *de gustibus,* vous savez, répondit-il en haussant les épaules. Des goûts et des couleurs...

Mais en lui-même, il se dit : Quelle providence que

cette messe de minuit. Sans elle, ils seraient restés indéfiniment, et le lendemain matin, les ouvriers devaient venir comme tous les jours, Noël n'étant pas une fête pour eux.

Vandeventer lui saisit le bras :

– Je dois vous quitter. Excellente soirée. Je suis déjà ivre et il faut que j'emmène ma femme au réveillon de l'hôtel *Minzah.*

Il accompagna Vandeventer jusqu'à la grille pour qu'il ne perde pas l'équilibre en traversant la cour. Quand il eut réussi à se hisser dans sa voiture, il n'éprouva aucune difficulté à la conduire.

Ensuite, les autres invités sortirent, l'un derrière l'autre. Les deux couples français firent leurs adieux et Mohammed referma la grille derrière eux. Madame Dervaux convoyait son petit groupe sans se hâter; tout à coup, elle s'écria qu'ils devaient absolument jeter un coup d'œil dans la cuisine, lieu qu'elle qualifiait de « superbe ». Ses amis la suivirent; seul le peintre s'attarda et finit par s'approcher de leur hôte.

– J'espère que la cérémonie vous plaira lui dit le maître de maison.

– Oh, mais je n'y vais pas. Je n'habite pas loin d'ici.

Le vent se levait. Il entendait la voix stridente de madame Dervaux et le rire facile d'Amina. Il regarda le peintre d'un air pensif :

– Bon, alors restez un moment après leur départ. J'aimerais vous parler.

Il avait pris sa décision. Quelle importance? pensait-il. Qu'il utilise l'orangerie. Personne d'autre ne s'en servira jamais.

Le jeune homme hocha la tête et prit un air de mystère. Il laissa les autres sortir sans dire un mot. Au lieu de monter en voiture avec madame Dervaux, il claqua la portière et lui fit un signe d'adieu.

Aussitôt, elle passa sa tête par la fenêtre :

– Oh! le méchant! le gronda-t-elle. Il va avoir une affreuse gueule de bois.

Le peintre sourit et fit un nouveau signe de la main.

De la grille entrouverte, leur hôte contemplait la scène. Quand les feux arrière de la voiture eurent disparu dans l'obscurité, il se tourna vers le jeune Marocain :

– Je voulais simplement vous dire que je ne voyais aucune objection à vous permettre d'utiliser l'orangerie.

Les yeux du jeune homme brillèrent : il lui exprima sa gratitude longuement. Ensuite, après qu'ils eurent échangé une poignée de main et que le jeune homme eut franchi la grille, il se retourna et ajouta :

– Cette nuit, je n'aurai pas besoin de rêver d'une chambre où je pourrais peindre.

Son hôte sourit brièvement et verrouilla la porte. Le vent fouettait les bananiers, faisant claquer les feuilles. Il était satisfait de sa décision. La maison lui paraissait plus réelle depuis qu'il savait qu'elle ne serait plus inoccupée, même si la partie utilisée était très petite. Il refit le tour, soufflant les bougies, et éteignant les lumières sur son passage. Puis, il monta dans sa chambre. Amina avait placé sur la table de nuit un vase avec une partie des narcisses de madame Dervaux. Il perçut leur odeur, en humant l'air marin au moment où il sombrait dans le sommeil.

Il ne retourna pas à Tanger à Pâques, ni même pendant l'été. Au mois de septembre, on lui fit savoir que la famille fort riche et influente du peintre avait pris possession de la totalité de sa maison. Son avocat ne réussit pas à les expulser. Peu avant Noël, il fut informé que sa propriété avait été classée « terrain agricole » et ne lui appartenait donc plus. Il réagit à cette perte sans trop s'agiter. Mais son calme s'évanouit quelques mois plus tard, lorsqu'il apprit que l'étage supérieur et la tour étaient loués à madame Dervaux.

# LA PETITE MAISON

LA petite maison datait d'une soixantaine d'années, soixante-dix, peut-être. Quand on l'avait construite, elle se trouvait sur la rue principale d'un village, à plusieurs kilomètres de la ville. Mais la ville avait gagné peu à peu et s'étalait maintenant tout autour. A l'origine, la maison ne comprenait qu'un rez-de-chaussée. Ensuite, on y avait rajouté une pièce audessus de la cuisine. Par beau temps, il était encore possible d'apercevoir la ligne de crête des montagnes au loin vers le sud-ouest, par l'une des fenêtres de cette chambre. Lalla Aïcha aimait à s'y tenir, égrenant les perles de son chapelet, pendant qu'elle pensait combien son existence avait changé depuis que son fils l'avait fait venir à la ville, chez lui. La vallée où elle avait passé sa vie était là-bas, derrière les montagnes. Elle ne comptait pas la revoir.

Au début, le fait d'habiter enfin la ville se présentait comme une victoire personnelle. Puis elle commença à avoir des doutes. La nourriture y était plus abondante et meilleure, il est vrai, mais la maison était fort petite et elle s'y sentait à l'étroit. Sans le dire, elle regrettait que Sadek n'eût pas trouvé une meilleure épouse que Fatima, dont les parents possédaient pourtant une vaste maison dans les environs. Pour dédommager Sadek de son mariage avec leur bonne à rien de fille, elle trouvait qu'ils auraient pu lui proposer d'occuper une partie de leur maison. Elle était bien assez grande pour qu'ils y vivent tous sans se gêner. Mais Sadek se contenta de rire, quand elle lui en parla.

Les jeunes gens étaient mariés depuis plus d'un an, sans aucun signe d'un enfant à venir, chose dont Lalla Aïcha rendait responsable la jeune femme : elle ignorait que le couple avait décidé de ne pas avoir d'enfant tant qu'ils n'auraient pas mis assez d'argent de côté.

Fatima, elle, était malheureuse et inquiète depuis que Lalla Aïcha vivait avec eux. La vieille était difficile, critiquait les repas, et trouvait toujours quelque chose à redire sur la façon dont Fatima tenait sa maison. Elle se postait constamment auprès d'elle, surveillait tout ce qu'elle faisait et toujours elle secouait la tête en disant : Ce n'est pas comme cela que nous faisions de mon temps, du vivant de Moulay Youssef. Elle trouvait que Fatima ne se souciait pas assez du dîner de Sadek quand il rentrait du travail.

– Pourquoi devrait-il attendre une demi-heure avant de pouvoir manger? demandait-elle. Si tu préparais le repas à l'avance, tu n'aurais plus qu'à apporter le taïfor quand tu l'entends arriver. Il est trop bon avec toi, voilà l'ennui, tu le sais et tu en profites.

Ensuite Lalla Aïcha prenait Sadek à part et lui racontait que Fatima ne l'aimait pas et la traitait de façon humiliante. Elle ne veut pas que je l'accompagne au marché et ne trouve jamais le temps de se promener avec moi. J'aimerais bien prendre un peu l'air, mais je ne peux pas sortir seule. L'autre jour quand elle m'a emmenée chez le médecin, elle marchait si vite que j'en étais tout essoufflée. Je le sais, elle veut ma mort et rien d'autre.

– Mais non, dit Sadek en riant, c'est ridicule.

Depuis que la vieille femme s'était installée chez eux, Fatima essayait de la convaincre de renoncer à son haïk et de mettre une djellaba, mais Lalla Aïcha désapprouvait le port de la djellaba chez les femmes. Moulay Youssef, disait-elle, eût sûrement interdit une coutume aussi contraire à la pudeur. Pour Fatima, le haïk indiquait des origines campagnardes et elle craignait par-dessus tout de passer pour une paysanne. Elle mourait de honte quand il lui fallait marcher dans la rue en compagnie d'une vieille toute vacillante vêtue d'un haïk.

Chaque fois qu'elle pouvait le glisser dans la conversation, elle rappelait à Lalla Aïcha qu'ils lui avaient donné la meilleure chambre. Elles savaient toutes les deux que ce n'était pas vrai. La chambre du premier étage avait plus de fenêtres et de lumière, mais il y pleuvait à chaque orage, tandis que Sadek et Fatima dormaient bien au chaud à côté de la cuisine.

Ni l'une ni l'autre n'était suffisamment sûre de sa position pour courir le risque d'une guerre ouverte : chacune craignait de voir Sadek prendre soudain le parti de l'autre. Elles se tenaient donc tranquilles en sa présence et la vie continuait de s'écouler dans une paix relative.

Depuis longtemps, Lalla Aïcha avait remarqué qu'il lui poussait au milieu du dos une grosseur comme une boule de chair, mais elle n'en avait parlé à personne. Un jour, en l'aidant à se relever de son siège, Sadek sentit cette chose en forme de bulbe sous les vêtements de sa mère, et il poussa un cri de surprise. Il n'était pas facile de la convaincre de voir un médecin, mais Sadek y était bien décidé et il finit par avoir gain de cause. Le médecin conseilla l'ablation de la tumeur aussi rapidement que possible et fixa une date pour l'opération.

Les jours qui précédèrent son entrée à l'hôpital, la vieille femme se montra inquiète et nerveuse à tout propos. Elle avait entendu dire que l'anesthésie pouvait être dangereuse, elle avait peur de saigner à mort et elle ne fit pas mystère du peu de confiance que lui inspiraient les traitements des nazaréens.

– Il n'y a rien à craindre, lui dit Sadek. Tout va très bien se passer.

La veille du départ pour l'hôpital, Sadek et Fatima discutaient dans leur chambre du coût probable de l'intervention. Lalla Aïcha était en haut, en train de rassembler ce qu'elle allait emporter.

– Tout l'argent que j'ai économisé en combinant les repas les moins chers possibles! dit Fatima d'un ton amer.

– S'il s'agissait de ta mère, tu verrais les choses autrement, répliqua-t-il.

Elle ne fit aucune réponse.

On frappa à la porte. C'était Lalla Halima, une femme âgée qui habitait en face, et qui venait dire au revoir à Lalla Aïcha.

– Elle est montée dans sa chambre, lui dit Fatima d'un ton las.

Avec des soupirs et des gémissements, la femme se hissa dans l'escalier, tandis que Sadek et Fatima poursuivaient leur triste discussion.

Le lendemain matin, après le départ de Lalla Aïcha, ils prirent le petit déjeuner ensemble, tous les deux. Sadek explorait la pièce du regard : Cela paraît tout drôle sans elle, tu ne trouves pas?

– La maison est calme, répondit Fatima.

Il rétorqua vivement : Je sais que tu n'aimes pas la voir ici. Je sais qu'elle te rend nerveuse. Mais c'est ma mère.

Fatima prit un air offensé : J'ai seulement dit que la maison était calme. Et c'est un fait.

Cette après-midi-là, quand Sadek rentra de son travail, Fatima lui tendit un grand panier. Il le souleva et dit : c'est lourd.

– Porte-le à ta mère à l'hôpital; c'est un tajine au citron, il est encore chaud.

Ce tajine était le plat préféré de sa mère. Par Allah, elle va être bien contente! dit-il en embrassant Fatima, tout heureux de voir qu'elle s'était donné tant de mal.

Il trouva la porte de l'hôpital fermée. Il frappa au carreau; le portier apparut et lui annonça que les visites étaient terminées, et que de toute façon le règlement interdisait d'apporter de la nourriture aux malades. Sadek tenta de l'amadouer, supplia, menaça, mais sans résultat. L'homme referma la porte, le laissant sur les marches avec son panier.

Que faire? Fatima autant que lui-même détestait royalement le tajine au citron; cela n'aurait aucun sens de le remporter chez lui, ce serait un péché de le jeter, il fallait que quelqu'un le mange tant qu'il était chaud. Il pensa alors aux parents de Fatima qui habitaient tout près de l'hôpital. Ils aimaient les plats à l'ancienne et seraient certainement ravis de recevoir un tajine tout frais.

La mère de Fatima se trouvait dans sa cuisine; il la salua et sortit le plat de son panier.

– Voici un tajine que Fatima vient de faire, lui dit-il.

Elle sourit, le visage rayonnant : Si Mohammed sera enchanté de voir ce que nous allons manger ce soir.

Le lendemain matin de bonne heure, avant que Sadek n'ait pu déjeuner, on frappa avec violence à la porte. Deux policiers sur le seuil s'emparèrent de lui et, sans lui donner le temps de dire adieu à sa femme, l'obligèrent à monter avec eux dans une jeep.

Il ne fut pas long à comprendre : au commissariat, on lui présenta le panier et le plat où restait une bonne partie du tajine. Le ragoût était plein de poison et sa belle-mère était morte. Si Mohammed, sur un lit d'hôpital, l'accusait d'avoir tué sa femme.

Sur le moment, Sadek n'eut qu'une pensée : Fatima avait essayé de tuer sa mère!

Désarçonné par un interrogatoire prolongé, il laissa transparaître cette préoccupation en balbutiant quelques mots qui retinrent l'attention de la police.

– Allah l'a punie! Elle a voulu tuer la mienne, et c'est la sienne qui est morte.

Les policiers saisirent vite qu'il s'agissait de sa femme mais n'accordèrent aucun crédit à son récit tant qu'ils n'eurent pas appelé et interrogé le portier de garde à l'hôpital. Celui-ci se rappelait fort bien Sadek, qui l'avait exaspéré par son insistance à faire parvenir le plat à sa mère.

On fit venir Fatima. Effondrée à l'annonce de la mort de sa mère, abasourdie par l'arrestation brutale de Sadek, elle fut presque incapable de répondre. Elle reconnut pourtant avoir remis à son mari le panier qui contenait le tajine et lui avoir dit de l'apporter à l'hôpital. On l'enferma dans une cellule.

Plusieurs semaines s'écoulèrent avant le procès. Lalla Aïcha était sortie de l'hôpital. En rentrant, elle avait trouvé la maison vide. Les mauvaises nouvelles de Sadek et de Fatima ne semblèrent pas l'émouvoir outre mesure. Elle se borna à hocher la tête en murmurant : C'était écrit.

Elle ne comprend pas ce qui est arrivé, murmuraient les voisins derrière son dos. C'est plus qu'elle n'en peut supporter, la pauvre.

Chaque jour, ils lui faisaient des courses pour lui

éviter d'aller au marché. Au lieu de monter dans sa chambre, Lalla Aïcha s'était installée dans la chambre du couple, en expliquant qu'elle serait certainement rétablie avant le retour de Sadek et de Fatima et qu'elle pourrait alors monter l'escalier plus facilement.

– Elle n'a toujours pas compris, se disaient-ils entre eux.

Au procès, Fatima témoigna qu'elle avait remis à Sadek le panier avec la nourriture mais qu'à sa connaissance il n'y avait pas le moindre poison.

– Mais vous reconnaissez que le tajine vient de votre cuisine?

– Bien sûr! J'étais là, quand la vieille l'a préparé. La veille de son départ à l'hôpital, elle a rassemblé tous les ingrédients qu'elle aime. Je n'avais plus qu'à le faire cuire et donner le tajine à Sadek pour elle.

Le tribunal accueillit ce récit avec réserve. Il fut décidé d'ajourner la séance et de demander le témoignage de Lalla Aïcha.

La vieille se présenta à la barre enveloppée de son haïk. Le juge lui demanda de le repousser un peu pour qu'on puisse l'entendre. Ce fut avec stupéfaction qu'on l'entendit alors déclarer avec une note d'orgueil manifeste qu'en effet, elle avait tout préparé de ses mains. Oui, oui, dit-elle. Je tiens à y mettre beaucoup de citrons confits.

– Et qu'avez-vous mis d'autre dedans? interrogea le cadi, avec une douceur trompeuse.

Lalla Aïcha se mit à énumérer une liste d'ingrédients. Puis elle s'arrêta et demanda : Voulez-vous la recette complète?

L'assistance fut prise de fou rire. Le cadi réclama le silence, puis la fixant d'un regard dégoûté :

– Je vois, fit-il. Vous voulez faire de l'esprit. Asseyez-vous. Nous reprendrons plus tard.

Lalla Aïcha alla se rasseoir et, la tête baissée, elle resta à égrener son chapelet, en fixant ses genoux. De temps à autre, le cadi, outré de son apparente indifférence, lui jetait des coups d'œil furibonds. Il attendait le rapport des policiers restés sur place au moment où on avait cherché Lalla Aïcha. Leur compte rendu arriva sans tarder. Dans le placard du haut, parmi les vêtements de la vieille dame, ils avaient trouvé une boîte de raticide à moitié vide – celui-là même qu'on avait découvert dans le tajine.

Le juge rappela Lalla Aïcha d'un air triomphant. Il tenait dans la main gauche une boîte en fer-blanc qu'il agita sous les yeux de la vieille femme.

– Connaissez-vous cette boîte? interrogea-t-il d'une voix sévère.

Lalla Aïcha n'hésita pas une seconde :

– Évidemment, que je la connais. Elle m'appartient. C'est cela qui m'a servi pour le tajine.

Un murmure parcourut la salle; le public en était venu à la conclusion que la vieille était faible d'esprit. L'espace d'un instant, le cadi ouvrit grand les yeux et laissa retomber sa mâchoire. Aussitôt il se reprit et fronça les sourcils.

– Alors, vous avouez avoir mis le poison dans le tajine?

Lalla Aïcha soupira.

– Je vous ai demandé si vous vouliez la recette en entier, et vous avez refusé. J'y ai mis un demi-kilo de citrons. Cela cache le goût de la poudre.

– Poursuivez, dit le cadi, sans la quitter des yeux.

– C'était un plat spécialement pour moi, poursuivit-elle avec une note d'indignation. Pas pour les autres. C'était un remède. Vous ne croyez tout de même pas que j'allais le manger? Je voulais que le poison dans le tajine fasse sortir le poison de mon corps.

– Qu'est-ce encore que cette histoire? dit le cadi.

– On le met dans la bouche et on le recrache. Puis on en met encore et on crache à nouveau, on continue, et chaque fois on se rince la bouche avec de l'eau. C'est une vieille médecine de mon village. Cela vous débarrasse du poison.

– Comprenez-vous que vous avez tué une femme avec vos absurdités?

Lalla Aïcha secoua la tête : Non, non. C'était écrit, voilà tout.

A l'autre bout de la salle d'audience, Fatima poussait des cris perçants.

– Ce n'est pas vrai! Ce sont des mensonges! Elle savait très bien qu'ils ne laisseraient pas entrer de nourriture dans l'hôpital.

On lui ordonna de se taire, mais le cadi fit une note, et le lendemain, lorsqu'elle vint témoigner, il lui demanda des explications. Après avoir entendu le récit de Fatima, on appela Lalla Halima, la voisine d'en face. Elle aussi dut desserrer son haïk, ce qu'elle fit avec une réticence manifeste.

– Deux ou trois jours, peut-être, avant que Lalla Aïcha parte pour son opération, je suis allée la voir. Je voulais lui être agréable, alors je lui ai dit : « Je vais demander à ma fille de te faire des cabrozels et peut-être un peu de mroziya pour ton séjour à l'hôpital. » Elle a répondu : « C'est très gentil, mais cela ne sert à rien. Le docteur m'a dit qu'il y a un nouveau règlement et qu'il est interdit d'apporter de la nourriture. » Alors j'ai demandé à ma fille de faire des cabrozels malgré tout et je les ai donnés moi-même à Lalla Aïcha, la veille de son départ. Je pensais qu'elle pourrait les envelopper dans des vêtements et les mettre dans sa valise, pour qu'ils ne les voient pas.

– C'est tout, dit le cadi, la congédiant d'un geste.

Ses yeux étincelaient quand il se tourna vers Lalla Aïcha :

– Et maintenant, qu'allez-vous me dire?

– Je vous ai tout dit, répondit-elle avec calme. J'étais très occupée à préparer mes médicaments, et j'ai oublié qu'ils ne les laisseraient pas entrer. Je suis vieille. Cela m'est sorti de l'esprit.

Il y eut un grand remue-ménage dans un coin de la salle où Fatima hurlait :

– Elle n'a pas oublié! Elle savait que Sadek allait le laisser chez ma mère!

On se hâta de faire sortir Fatima qui se débattait et criait toujours. Lalla Aïcha se tenait debout, tranquille, attendant qu'on lui adresse la parole. Mais le cadi se bornait à la regarder, une expression de doute sur le visage.

Enfin, fort énervé, il explosa :

– Vous êtes une femme stupide et ignorante. Qui peut croire qu'en mettant du poison dans la bouche, on puisse absorber le poison qui est dans le sang? Personne, je pense, n'a jamais entendu parler d'une recette pareille?

Lalla Aïcha ne perdit pas son flegme. Mais si, dit-elle, avec patience. Tout le monde sait que la médecine des nazaréens marche mieux quand on suit en même temps des traitements musulmans. Le pouvoir d'Allah est immense.

En désespoir de cause, le cadi ordonna de classer le dossier et renvoya les trois accusés chez eux, après avoir averti Sadek qu'il serait tenu pour responsable de sa mère, si elle provoquait le moindre embarras supplémentaire, car, de toute évidence, elle était incapable de répondre de ses actes.

Ce soir-là, quand Lalla Aïcha fut endormie dans sa chambre à l'étage, Fatima présenta à Sadek un ultimatum : S'il ne renvoyait pas sa mère, elle le quitterait et irait habiter chez son père.

– Elle a tué ma mère. Je ne resterai pas sous le même toit qu'elle.

Sadek eut la sagesse d'accepter et ne souleva aucune objection. Après ce que sa mère avait fait, il en était venu à penser, lui aussi, qu'il vaudrait mieux la ramener à la campagne dans sa famille.

Elle accueillit cette nouvelle sans protester; Sadek eut même l'impression qu'elle s'y attendait. Dans l'espoir de la persuader qu'il n'avait pas pris une décision arbitraire, qu'il ne cherchait pas à se débarrasser d'elle tout simplement, il ajouta : Voilà le résultat de tes folies.

Elle se tourna vers lui et le regarda droit dans les yeux.

– Tu n'as pas le droit de me faire des reproches, lui dit-elle. Ce n'est pas de ma faute, si vous êtes encore dans cette petite maison.

Sur le moment, cette remarque lui sembla dépourvue de sens, un propos illogique dû à la sénilité. Mais plus tard, quand il fut revenu du village dans la vallée et qu'il vivait calmement avec Fatima, elle lui revint à l'esprit. Ensuite, il y repensa souvent.

# L'ÉDUCATION DE MALIKA

MALIKA n'avait nul besoin de s'entendre dire qu'elle était jolie. Si loin qu'elle se souvienne, sa beauté avait éveillé les murmures; au temps où elle n'était qu'un bébé, sa tête, son cou et ses épaules étonnaient déjà par leurs proportions harmonieuses. Avant d'être en âge d'aller à la source chercher l'eau, elle apprit qu'elle avait des yeux de gazelle et la tête comme une corolle de lys sur sa tige. Du moins, est-ce là ce que les gens plus âgés disaient à son propos.

Sur une colline au-dessus de la ville, se dressait un vaste bâtiment auquel conduisaient des allées bordées de palmiers. Il appartenait aux sœurs espagnoles, les Hermanas Adoratrices. Quelques-unes de ces religieuses avaient eu l'occasion d'apercevoir Malika. Elles allèrent chez son père et lui proposèrent de la prendre en charge et de lui enseigner l'espagnol et la broderie. Il accepta avec enthousiasme. Allah nous a placés sur terre pour apprendre, disait-il souvent. La mère de Malika qui n'approuvait pas que sa fille passe son temps avec des nazaréennes, s'efforça de le faire changer d'avis, mais en vain. Malika resta chez les sœurs pendant cinq ans, jusqu'à la mort de son père.

Sa grand-mère affirmait volontiers qu'à l'âge de

Malika, elle avait ressemblé à sa petite-fille comme deux gouttes d'eau; si elle avait pu, disait-elle, retrouver son état de fillette et venir se placer à côté de Malika, personne n'eût pu les distinguer l'une de l'autre. Malika examina les traits ravagés de la vieille femme et rejeta aussitôt cette idée. Mais après la mort de sa grand-mère, elle comprit peu à peu ce que l'aïeule avait voulu dire, lorsqu'elle déclarait : Seul Allah ne change pas. Un jour, elle perdrait sa beauté, mais pour l'instant, elle était jolie. Ainsi, quand elle eut acquis la force d'aller à la source pour rapporter l'eau dans deux grands seaux, les propos des jeunes gens qui l'appelaient et cherchaient à engager la conversation la laissèrent indifférente. Ils feraient mieux, pensait-elle, de garder leurs paroles flatteuses pour les filles qui ont besoin d'être rassurées.

Tout près de la ville, il y avait une caserne pleine de soldats, hommes rudes et brutaux. Dès qu'elle en apercevait un, même de loin, Malika se cachait et restait cachée jusqu'à ce qu'il ait disparu. Heureusement, les soldats ne pénétraient pas souvent dans l'arroyo entre sa maison et la source; ils préféraient aller et venir en groupe sur la grand-route qui traversait le bourg.

Vint le jour où sa mère l'envoya au marché qui longeait la route pour vendre une poule. Cette tâche avait toujours échu à la sœur aînée, mais ce jour-là, elle était allée chez des voisins pour aider aux préparatifs d'un mariage. Malika supplia sa mère de lui prêter son haïk afin de pouvoir se couvrir le visage.

– Ta sœur est allée des centaines de fois au marché. Elle n'a jamais mis de haïk!

Malika savait que sa sœur n'en avait pas besoin, car personne ne la regardait. Mais il était impossible de dire cela à sa mère.

– J'ai peur, gémit-elle, et elle fondit en larmes.

La mère n'avait aucune patience pour les caprices de gamine, et elle refusa de lui prêter le haïk. Malika prit la poule par les pattes et sortit en courant. Devant la porte, elle s'empara d'une serviette éponge salie. Dès qu'elle fut hors de vue, elle en fit un drapé un peu lâche autour de sa tête, de façon à pouvoir l'abaisser et couvrir au moins une partie de son visage quand elle arriverait à la route.

Plusieurs douzaines de femmes étaient assises par terre en rang, sur un côté de la chaussée, leurs marchandises étalées autour d'elles, à même le sol. Malika s'installa à un bout de la rangée, en face d'un square où les soldats venaient s'asseoir sur les bancs publics. Des gens s'arrêtaient pour palper et soupeser la poule, de sorte qu'elle ne cessait de caqueter et de battre des ailes. Malika avait rabattu la serviette fort bas devant ses yeux et ne voyait plus que la terre autour de ses pieds.

Au bout d'une heure environ, une cliente se mit à discuter le prix et finit par acheter la poule. Malika avait noué les pièces de monnaie dans un coin de mouchoir et se releva d'un bond. La serviette glissa de son visage. Elle la ramassa et s'en fut à la hâte le long de la route.

## II

C'était un bourg désolé qui sentait la pauvreté dont ses habitants avaient pris l'habitude. Rien, du reste, ne permettait de supposer qu'il ait connu des jours meilleurs. Le vent de la mer levait haut la poussière des rues et la déversait avec fureur sur le paysage. Même les feuilles des figuiers en étaient toutes blanchies. Des rafales de sable chaud piquaient les mollets de Malika tandis qu'elle tournait le coin de la ruelle vers le bas du petit ravin. Elle remit la serviette autour de sa tête et la maintint d'une main. Il ne lui était jamais venu à l'esprit de haïr sa ville, car elle tenait pour acquis qu'elle trouverait plus ou moins la même chose partout.

Dans cette ruelle étroite – à peine plus qu'un passage bordé de murs –, Malika entendit soudain un bruit de bottes derrière elle. Elle ne se retourna pas, mais une main puissante l'empoigna et la rejeta brutalement vers le mur. C'était un soldat, et il souriait. Il l'encercla en s'appuyant des bras contre la pierre, de façon à l'empêcher de s'échapper.

Malika ne prononça pas un mot. L'homme resta à la contempler. Il respirait en haletant, comme s'il avait couru. Enfin, il dit :

– Quel âge as-tu?

Elle le regarda droit dans les yeux.

– Quinze ans.

Il sentait le vin, le tabac et la sueur.

– Lâchez-moi, dit-elle en essayant désespérément de glisser sous la barricade des bras.

La douleur qu'elle ressentit lorsqu'il lui tordit le poignet lui fit écarquiller les yeux. Mais elle ne poussa aucun cri. Deux hommes en djellaba approchaient, venant du ravin; elle fixa son regard sur leurs silhouettes. Le soldat se retourna, les aperçut, et s'en alla d'un pas rapide vers la route.

En arrivant chez elle, Malika jeta le bout de chiffon avec l'argent sur le taïfor, et fit remarquer avec indignation à sa mère les marques qu'elle avait sur l'avant-bras.

– Qu'est-ce que tu as là?

– Un soldat m'a coincée.

Sa mère lui cingla le visage d'une gifle magistrale. Malika ne l'avait jamais vue dans un tel état de rage.

– Espèce de chienne! hurlait-elle. Tu n'es bonne qu'à ça!!

Malika sortit en courant et alla chercher refuge dans le ravin où elle s'assit sur un rocher à l'ombre; elle se demandait si sa mère n'était pas en train de devenir folle. Le coup brutal, aussi inattendu qu'injuste, avait chassé le soldat de ses pensées. Il fallait trouver une explication rationnelle à la conduite de sa mère; sinon, elle allait la haïr.

Le soir, au souper, la situation n'était guère améliorée. Sa mère refusait de la regarder et adressait toutes ses remarques à son autre fille. Et ce fut là son attitude au cours des jours suivants, comme si elle avait décidé que Malika n'existait plus.

Bon! pensa Malika. Si moi, je n'existe pas, elle non plus. Ce n'est donc plus ma mère, et je la déteste.

Cette guerre silencieuse qu'elles menaient ne dispensait pas Malika d'aller au marché. Presque chaque semaine, on l'expédiait pour y vendre une poule ou un panier de légumes et d'œufs. Les soldats ne lui causèrent plus d'ennuis, peut-être à cause de l'habitude qu'elle prit de s'arrêter dans le vallon pour répandre un peu de boue sur son visage. Quand elle arrivait à la grand-route, la boue avait eu le temps de sécher, et si les femmes la regardaient parfois avec surprise, les hommes, eux, ne lui prêtaient aucune attention. Sur le chemin du retour, en remontant le ravin, elle se lavait la figure.

Lorsqu'elle rentrait, sa mère la regardait toujours d'un air lourd de soupçons. S'il t'arrivait quelque chose, disait-elle, je jure que je te tuerais de mes propres mains. Malika quittait la pièce en reniflant. Elle comprenait ce que sa mère voulait dire, mais cela l'étonnait de constater combien elle connaissait peu sa propre fille.

## III

Un jour, Malika était assise au premier rang des jeunes filles et femmes qui vendaient au marché près de la route. Une longue voiture jaune sans toit s'approcha silencieusement et s'arrêta. Dedans, il y avait un homme seul, c'était un nazaréen. Les femmes commencèrent à murmurer et à pousser des cris, car l'homme tenait un appareil de photo et visait dans leur direction. Une jeune fille à côté de Malika se tourna vers elle :

– Tu parles l'espagnol, fit-elle. Dis-lui de s'en aller.

Malika courut à la voiture. L'homme baissa son appareil et la fixa du regard.

– Señor, il ne faut pas prendre de photos ici, ordonna-t-elle en le regardant avec gravité et en indiquant du doigt les rangées de femmes en colère.

Le nazaréen était grand, avec des cheveux de couleur claire. Il comprit et il lui fit un sourire : Muy bien, muy bien, répondit-il, d'un ton bienveillant, tout en continuant de la dévisager. Soudain, elle se rappela la boue sur son visage. Machinalement, elle se frotta les joues du dos de la main. Le sourire de l'homme s'épanouit.

– Veux-tu me laisser te prendre en photo?

Le cœur de Malika se mit à battre de façon douloureuse.

– Non! Non! cria-t-elle, éperdue. Puis, en guise d'explication, elle ajouta : Il faut que j'aille vendre mes œufs.

Le nazaréen prit l'air plus réjoui que jamais.

– Tu as des œufs? Apporte-les.

Malika alla chercher le petit paquet d'œufs enveloppés dans un bout de tissu. Un groupe de jeunes garçons avaient remarqué l'éblouissante voiture jaune; à présent, ils l'encerclaient et réclamaient de l'argent.

Tout en les chassant du geste, le nazaréen ouvrit la porte pour Malika et lui désigna le siège vide. Elle posa son baluchon sur la banquette en cuir et se pencha pour défaire le nœud, mais les gamins passaient leurs bras à l'intérieur et la bousculaient.

L'étranger leur cria des mots de colère dans sa langue. Mais cela ne les calma qu'un instant. Pour finir, en fureur, il dit à Malika : Entre! Elle souleva les œufs pour lui obéir et s'assit, le paquet calé sur ses genoux. L'homme allongea le bras devant elle et ferma la portière d'un coup sec. Puis il releva la vitre. Mais deux mendiants avaient maintenant rejoint les garçons et ils étaient assez grands pour glisser la main par-dessus la fenêtre.

Sans prévenir, le nazaréen démarra en trombe; le moteur rugit et la voiture fit un bond en avant. Surprise, Malika se retourna et aperçut quelques-uns des gamins étalés sur la chaussée. Lorsqu'elle regarda à nouveau, la voiture avait atteint les limites de la ville. Le nazaréen avait toujours l'air très fâché. Elle décida de ne pas lui demander jusqu'où ils allaient, avant qu'il ne s'arrête pour lui acheter les œufs. Elle ne savait si elle était plus émue par la joie de rouler dans la belle voiture ou par l'inquiétante perspective d'avoir à faire le chemin de retour à pied.

Les arbres défilaient à toute allure. Il lui sembla que depuis toujours elle avait su qu'une chose étrange comme celle-ci devait lui arriver. L'idée était réconfortante et écartait d'elle toute véritable peur.

## IV

Bientôt, ils empruntèrent un chemin de terre qui s'enfonçait dans les profondeurs d'un bois d'eucalyptus. Ici, sous l'ombre incertaine, le nazaréen coupa le moteur et se tourna vers Malika en souriant. Il prit le paquet d'œufs qu'elle avait sur les genoux et le posa à l'arrière. D'un panier derrière son siège, il extirpa une bouteille d'eau minérale et une serviette sur laquelle il versa un peu d'eau. S'appuyant d'une main contre l'épaule de la jeune fille, il entreprit de nettoyer les traînées de boue sur son visage. Elle le laissa frotter et ensuite enlever la serviette drapée sur sa tête, de sorte que sa chevelure se répandit sur ses épaules.

Pourquoi l'empêcher de me voir? pensait-elle, il ne me veut pas de mal.

Elle avait eu le temps de remarquer qu'il ne sentait pas du tout, et la douceur de ses manières lui causait une sensation agréable.

– Maintenant, est-ce que je peux prendre une photo?

Elle hocha la tête : ce geste réprouvé n'aurait pas de témoin. L'homme lui dit de s'enfoncer dans son siège, puis il éleva l'appareil au-dessus d'elle. Elle entendit tant de « clics » et il avait l'air si bizarre derrière sa grosse boîte noire qu'elle éclata de rire. Elle se dit que ce rire allait peut-être l'arrêter, mais au contraire, il parut encore plus satisfait et ne cessa de faire « clic » avec son appareil. Quand la boîte refusa de continuer, il déplia une couverture sur le sol; au centre, il posa un panier de victuailles. Ils s'assirent chacun d'un côté du panier et mangèrent du poulet, du fromage et des olives. Malika avait faim et trouva ce repas fort amusant.

Lorsqu'ils eurent terminé, il lui demanda si elle voulait qu'il la ramène au marché. Ce fut comme si un voile de ténèbres était tombé sur le monde. Elle pensa aux femmes là-bas et à ce qu'elles diraient en la voyant. De la tête, elle fit un signe négatif des plus énergiques. Pour l'instant, elle se sentait vivre, elle n'allait pas hâter la fin de ce moment.

– Non, dit-elle, d'un ton léger. Pas encore.

Il jeta un coup d'œil sur sa montre :

– Si on allait à Tétouan?

Les yeux de Malika brillèrent. Tétouan était à moins d'une heure de voiture de chez elle, mais elle ne connaissait la ville que par ouï-dire. Les arbres se remirent à défiler. Une brise fraîche soufflait de la Méditerranée et Malika frissonna. L'homme sortit une confortable cape en poil de chameau et la posa sur ses épaules.

Tétouan, avec ses rues animées, lui fit une impression exaltante. Devant le palais du Khalifa, les sentinelles vêtues de rouge écarlate et de blanc se tenaient au garde-à-vous. Pourtant, Malika refusait de sortir de la voiture et de suivre son compagnon dans la rue. Ils restèrent stationnés dans le Feddane, où le soleil d'été tapait fort.

Enfin, l'homme haussa les bras et les épaules et dit :

– Eh bien, si je veux être de retour à Tanger ce soir, il est temps que je te ramène.

Malika fit entendre un son étrange. Elle semblait toute rétrécie sous sa cape.

– Qu'est-ce que tu as?

– Je ne peux pas!

L'homme fixa sur elle un regard étonné.

– Mais il faut que tu rentres chez toi.

Malika se mit à gémir : Non, non! criait-elle.

L'homme jetait des coups d'œil inquiets vers les passants et tentait de la consoler avec des paroles apaisantes. Mais elle venait d'entrevoir une possibilité dont l'idée occupait tout son être. La voyant plongée dans ses pensées au point de ne plus l'entendre, il démarra et se fraya un chemin très lent à travers la foule, vers l'autre côté de la place. Puis il suivit la rue principale jusqu'aux faubourgs de la ville, stationna la voiture au bord de la route et alluma une cigarette.

Il se tourna vers elle. On eût presque pu croire qu'il n'y avait personne sous la cape. Il tira légèrement sur un pan de tissu et perçut un sanglot. Il glissa la main à l'intérieur d'un geste doux et lui caressa le front pendant quelques instants. Enfin, elle se releva peu à peu et sa tête reparut.

– Je vais t'emmener avec moi à Tanger, dit-il.

Elle ne fit aucune réponse et ne lui jeta pas un regard.

Ils filèrent vers l'ouest, le soleil du soir droit devant eux. Malika était consciente d'avoir fait un choix irrévocable. Les conséquences, déjà fixées par le destin, lui seraient révélées une à une, au fur et à mesure des événements. Il lui fallut un certain temps pour émerger, reprendre contact avec le paysage qui l'entourait et sentir l'air tiède de l'été qu'ils fendaient à vive allure.

Devant un minuscule café, isolé sur le flanc de la montagne, il arrêta la voiture.

– Viens, nous allons y prendre un thé, dit-il.

Malika secoua la tête de gauche à droite et resserra la cape contre son corps.

L'homme entra dans le café et commanda deux verres de thé. Un quart d'heure plus tard, un garçon les leur apporta à la voiture sur un plateau. Le thé était très chaud ; ils mirent un certain temps à le boire. Le garçon débarrassa le plateau, mais ils restèrent immobiles. Finalement, l'homme alluma les phares et ils descendirent la montagne.

## V

Malika eut peur de l'ascenseur, mais elle se détendit un peu quand l'homme la fit entrer dans l'appartement et ferma la porte derrière eux. Il y avait d'épais tapis, des divans moelleux garnis de coussins empilés et des lampes que l'on pouvait allumer et éteindre en poussant sur un bouton. De plus, chose majeure, le nazaréen vivait là tout seul.

Ce soir-là, il lui montra une chambre et lui dit que ce serait la sienne. Avant de lui souhaiter bonne nuit, il lui prit la tête entre les mains et l'embrassa sur le front. Après son départ, elle alla voir la salle de bains et s'amusa un long moment à ouvrir tour à tour l'eau chaude et l'eau froide, pour voir si l'un des robinets n'allait pas tôt ou tard se tromper. Pour finir, elle se déshabilla, enfila la gandoura de mousseline que l'homme lui avait laissée et se mit au lit.

Sur une table à côté d'elle, il y avait un tas de revues illustrées et elle se mit à regarder les images. Son attention fut attirée – et retenue – par l'une des photographies. On y voyait une chambre luxueuse où une femme se prélassait dans une chaise longue. Un large collier de diamants lui enserrait le cou ; à la main, elle tenait un livre. Le livre était ouvert, mais elle ne le regardait pas. Elle avait relevé la tête, comme si quelqu'un venait d'entrer dans la pièce et l'avait découverte en train de lire. Malika examina cette photo, en regarda quelques autres en passant, puis revint à celle-ci. Elle y voyait une parfaite illustration de la pose qu'il convenait d'adopter pour recevoir des invités et résolut de s'y exercer lorsqu'elle serait seule. Ainsi elle pourrait retrouver la pose sans difficulté au moment voulu. Ce serait également une bonne chose si elle savait lire, pensa-t-elle. Un jour, elle demanderait à l'homme de lui montrer comment il fallait s'y prendre.

Le lendemain matin, ils prirent le petit déjeuner sur la terrasse, au soleil. L'appartement donnait sur un vaste cimetière musulman. Au-delà, on voyait la mer. Malika dit que ce n'était pas bon de vivre si près d'un cimetière. Un peu plus tard, elle se pencha sur la balustrade, aperçut le dôme de l'important mausolée de Sidi Bou Araqia, et hocha la tête en signe d'approbation. Tandis qu'ils s'attardaient autour de leur café, il satisfit sa curiosité sur d'autres points. Elle apprit qu'il s'appelait Tim, qu'il avait vingt-huit ans et n'avait ni femme ni enfants. Il n'habitait pas Tanger en permanence. Il faisait de fréquents séjours au Caire et à Londres. Dans chacune de ces villes, il avait un pied-à-terre, mais il gardait la voiture à Tanger, car c'était là qu'il venait lorsqu'il ne travaillait pas.

De la terrasse, Malika entendit des bruits à l'intérieur de l'appartement. Bientôt, une grosse femme noire vêtue d'un Zigdoun jaune s'avança vers la table. Bonjour, dit-elle en français et elle commença à débarrasser la vaisselle. Chaque fois qu'elle reparut, Malika s'assit toute droite dans sa chaise et fixa le regard sur les montagnes d'Espagne, de l'autre côté du détroit.

– Dans quelques minutes, lui dit Tim, j'attends la visite d'une Italienne qui va prendre tes mesures et te faire des vêtements.

Malika fronça les sourcils.

– Quel genre de vêtements?

– Ce que tu voudras.

Elle se releva d'un bond et fila dans sa chambre, d'où elle revint aussitôt avec un exemplaire du *New Yorker*. Elle l'ouvrit à une page sur laquelle il y avait une jeune fille vêtue d'un tailleur sport en maille, debout à côté d'un ensemble de valises assorties.

– Comme ceux-là, dit-elle, en montrant la photo.

Au bout d'une heure environ, l'Italienne se présenta, chatouilla Malika avec son centimètre en se donnant des airs importants et repartit, son carnet à la main.

## VI

A la fin de l'après-midi, quand la femme noire s'en alla, Tim emmena Malika dans sa chambre, ferma les rideaux et lui donna sa première leçon d'amour. Malika ne tenait pas vraiment à ce que cela se produise à ce moment-là, mais elle avait toujours su, qu'un jour ou l'autre, cela devait arriver. La légère douleur lui parut négligeable, mais la honte de se voir nue devant un homme lui fut presque insupportable. Jamais il ne lui était venu à l'esprit que l'on puisse trouver beau un corps humain. Aussi se sentit-elle pleine de méfiance lorsqu'il lui affirma qu'elle avait un corps superbe. Elle savait seulement que les hommes utilisaient les femmes afin de faire des enfants et cela la préoccupait, car elle n'avait aucun désir d'en avoir. L'homme lui garantit qu'il n'en souhaitait pas plus qu'elle; si elle faisait ce qu'il lui indiquait, disait-il, elle ne courrait aucun risque. Elle accueillit ces informations sans questionner, comme elle acceptait tout ce qu'il lui disait. Elle était là pour apprendre, et elle avait la ferme intention d'en apprendre le plus possible.

Quand, au cours des semaines qui suivirent, elle consentit finalement à l'accompagner chez ses amis, il ne comprit pas que si elle voulait bien se montrer en public, c'était seulement parce qu'elle avait étudié l'effet que produisaient ses vêtements neufs et qu'elle les avait trouvés suffisamment convaincants. Les vêtements européens lui permettaient de sortir dans la rue avec un nazaréen, sans être vilipendée par ses compatriotes.

Après avoir emmené Malika chez un photographe et passé plusieurs fois de longues heures dans des administrations, Tim revint un jour, triomphant. Il agita un passeport sous le nez de Malika :

– Il est à toi, dit-il. Ne le perds pas.

Presque tous les jours, il y avait des fêtes sur la Montagne ou des pique-niques à la plage. Malika aimait tout spécialement les pique-niques de nuit, autour d'un feu, avec le son des vagues qui venaient se briser sur le sable. Parfois, il y avait des musiciens et tout le monde dansait, pieds nus. Une nuit, huit ou dix invités se levèrent d'un seul coup et coururent en poussant des cris vers les vagues, où ils nagèrent tout nus dans le clair de lune. Celle-ci jetait une lumière très vive et Malika, constatant qu'il y avait des hommes et des femmes ensemble, eut un sursaut et se cacha le visage. Tim trouva cela très amusant, mais l'incident fit naître en elle quelques doutes. Ces gens de Tanger pouvaient-il vraiment lui servir de modèles pour l'élégance à laquelle elle aspirait.

Un matin, Tim l'accueillit, le visage triste. Dans peu de jours, lui annonça-t-il, il lui faudrait partir pour Londres. Devant l'air chagriné de Malika, il ajouta bien vite qu'il comptait revenir dans les quinze jours et qu'elle pourrait continuer à vivre dans l'appartement comme s'il y était.

– Mais comment faire? s'écria-t-elle. Tu ne seras pas là! Je serai toute seule.

– Non, non. Tu auras des amis. Ils te plairont.

Ce soir-là, il rentra, accompagné de deux jeunes gens, beaux, bien habillés et fort bavards. Lorsque Malika entendit Tim appeler l'un des deux Bobby, elle éclata de rire.

– Bobby est un nom de chien, expliqua-t-elle. Pas un nom d'homme.

– Elle est impayable, dit Bobby. Une vraie Nefertiti en herbe.

– Elle est divine! acquiesça son ami, Peter.

Après leur départ, Tim expliqua à Malika qu'ils allaient lui tenir compagnie pendant son absence en Angleterre. Ils viendraient habiter l'appartement avec elle.

A cette nouvelle, elle demeura quelques minutes silencieuse.

– Je veux partir avec toi, fit-elle, comme si cela allait de soi.

Il refusa d'un signe de tête. Ni hablar, ajouta-t-il.

– Mais je ne veux pas d'amour avec eux.

Il l'embrassa.

– Ils ne font pas l'amour aux filles, c'est pour cela que je les ai invités. Ils s'occuperont bien de toi.

– Ah, répondit-elle, en partie rassurée. Combien Tim était malin, pensait-elle, d'avoir trouvé deux eunuques aussi présentables, en se donnant si peu de mal.

Ainsi que Tim le lui avait promis, Bobby et Peter réussirent à la distraire. Au lieu de l'emmener à des fêtes, ils conviaient leurs amis à venir faire sa connaissance. Bientôt, elle constata que Tanger comptait un nombre d'eunuques bien plus important qu'elle ne l'eût imaginé. Puisque selon Bobby et Peter les thés et les cocktails étaient offerts en son honneur, Malika avait à cœur de connaître avec précision l'heure d'arrivée des invités, afin de les recevoir dans la pose convenable : allongée sur le divan, la nuque appuyée sur des coussins, un livre à la main. A leur entrée, elle relevait la tête avec lenteur jusqu'à ce que les nobles proportions de ses traits soient pleinement mises en évidence; elle fixait le regard au loin, bien au-delà des limites de la pièce, et laissait errer sur ses lèvres une ébauche de sourire, vite évanoui.

Elle voyait bien que sa mise en scène les impressionnait. Ils lui déclaraient leur amour et leur adoration. Puis ils s'amusaient à toutes sortes de jeux et dansaient entre eux ou avec elle. Ils la chatouillaient, la câlinaient, l'asseyaient sur leurs genoux et jouaient avec ses cheveux. Elle les trouvait plus agréables que les amis de Tim, malgré l'inanité de leurs propos. Pour eux, tout, dans la vie, n'était que jeux; il n'y avait rien à apprendre en leur compagnie.

## VII

La première fois qu'ils amenèrent Tony à l'appartement, Tim était parti depuis plus d'une semaine. C'était un grand Irlandais bruyant que les autres entouraient d'un certain respect. Au début, Malika attribua son ascendant au fait qu'il n'était pas eunuque comme eux, mais elle découvrit bientôt qu'il avait tout simplement beaucoup plus d'argent à dépenser. Ses vêtements fleuraient bon un parfum exquis et sa voiture, une Maserati verte, attirait encore plus l'attention que celle de Tim. Un jour, il passa vers midi, alors que Bobby et Peter étaient encore au marché. La femme noire avait reçu de Bobby l'ordre de ne laisser entrer personne, en aucun cas. Mais Tony avait l'art de tourner ce genre de consigne. Il trouva Malika en train d'écouter un disque d'Abdelwahab, mais elle l'arrêta tout de suite et fixa son attention sur Tony. Dans la conversation, il lui dit en passant qu'elle avait de jolis vêtements. Malika lissa les plis de sa jupe.

– Mais j'aimerais te voir dans d'autres tenues, continua-t-il.

– Où sont-elles?

– Pas ici. A Madrid.

Ils entendirent claquer la porte : Bobby et Peter étaient de retour. Ils s'étaient disputés et ne se parlaient que par monosyllabes, sur un ton d'aigreur. Malika comprit que la partie de dominos promise n'aurait pas lieu. Elle resta quelques minutes à bouder, feuilletant une des revues financières de Tim. Les eunuques ont un comportement bien enfantin, se disait-elle.

Bobby entra et se tint à l'autre bout de la pièce, silencieux, en train de ranger des livres sur leurs étagères. Peu de temps après, la femme noire se montra à la porte et lui annonça en français que monsieur Tim avait téléphoné de Londres et ne rentrerait pas à Tanger avant le dix-huit.

Quand Tony lui eut traduit ce message en espagnol, Malika, sans bouger de son siège, resta le regard braqué sur lui avec une expression de désespoir.

Bobby sortit de la pièce à la hâte. Mal à son aise, Tony se leva et le suivit. Au bout d'un instant, la voix stridente de Bobby se fit entendre : Non! elle ne peut pas sortir avec toi pour déjeuner! Elle ne peut pas sortir du tout, sauf si nous l'accompagnons. C'est une des règles de Tim. Si tu veux manger ici avec nous, tu peux.

Pendant le déjeuner, il y eut fort peu de conversation. Au milieu du repas, Bobby jeta sa serviette sur la table et quitta la pièce. Ensuite, la femme noire servit le café sur la terrasse.

Bobby et Peter poursuivaient leur querelle dans le fond de l'appartement, mais leurs voix suraiguës résonnaient dans toutes les pièces.

Malika but son café à petites gorgées sans rien dire pendant quelques minutes. Lorsqu'elle rompit le silence, ce fut comme s'il n'y avait eu aucune interruption de sa conversation avec Tony.

– Pourrions-nous aller à Madrid? lui dit-elle.

– Cela te plairait? fit-il avec un large sourire. Mais, tu as vu comme ils sont? (Il pointa du doigt par-dessus son épaule.)

– A mí, me da iguál cómo són. Je n'ai pas promis de rester avec eux plus de deux semaines.

Le lendemain matin, pendant que Bobby et Peter faisaient leurs courses au marché, Tony et Malika chargèrent quelques bagages dans la Maserati et descendirent au port prendre le bateau qui faisait la navette avec l'Espagne. Tony avait laissé un mot pour Bobby, lui annonçant qu'il avait emprunté Malika pour quelques jours et qu'il veillerait à ce qu'elle lui téléphone.

## VIII

La première nuit, ils couchèrent à Cordoue. Le matin, avant de se mettre en route pour Madrid, Tony s'arrêta devant la cathédrale pour la lui montrer. Lorsqu'ils s'approchèrent du portail, Malika hésita. Elle passa la tête à l'intérieur et vit une série interminable d'arcades qui s'étiraient dans la pénombre.

– Entre donc! l'encouragea Tony.

Elle secoua la tête : Vas-y, toi. Je t'attendrai ici.

En sortant de la ville, il la gronda un peu. Il faudrait regarder les choses quand tu en as l'occasion, lui dit-il. Tu as raté une mosquée célèbre.

– Mais je l'ai vue, répondit-elle d'un ton ferme.

Ils passèrent leur première journée à Madrid chez Balenciaga, matin et après-midi. Tu avais raison, dit Malika à Tony lorsqu'ils furent rentrés à l'hôtel. Les vêtements sont bien plus beaux ici.

Il fallait attendre plusieurs jours avant que les premières commandes soient prêtes. Le musée du Prado était tout près de leur hôtel, mais Tony décida qu'il serait inutile d'y entraîner Malika. Il proposa une course de taureaux.

– Les musulmans sont les seuls à savoir tuer les animaux, déclara-t-elle.

Ils séjournaient à Madrid depuis plus d'une semaine. Un soir, ils étaient assis au bar du *Ritz,* Tony se tourna vers elle et dit : As-tu téléphoné à Tanger? Non, sûrement pas. Allez, viens.

Malika ne voulait pas penser à Tanger. Avec un soupir, elle se leva et suivit Tony dans sa chambre, d'où il demanda la communication.

Lorsque enfin Bobby se fit entendre au bout du fil, Tony fit un signe à Malika et lui passa l'appareil. Au son de sa voix, Bobby éclata en reproches. Elle l'interrompit en demandant Tim.

– Tim ne peut pas revenir tout de suite à Tanger, répondit Bobby. Mais il veut que toi, tu rentres immédiatement, ajouta-t-il, et sa voix grimpa d'un ton.

Malika resta silencieuse.

– As-tu entendu? hurla Bobby. Oíste?

– Oui, j'ai entendu. Je vous tiendrai au courant.

Elle raccrocha vite, de façon à ne pas subir les protestations outrées à l'autre bout de la ligne.

Ils retournèrent plusieurs fois chez Balenciaga, pour des essayages. Malika était impressionnée par Madrid, mais la présence réconfortante de Tim lui manquait, surtout la nuit, allongée seule dans son lit. Tony était de compagnie agréable, il s'occupait beaucoup d'elle et lui achetait constamment des cadeaux, mais elle sentait que son but était de la voir habillée comme il le désirait quand ils sortaient ensemble, et qu'il n'avait aucun sentiment réel pour elle.

Les livraisons continuaient d'affluer; les robes et les ensembles lui seyaient à la perfection, mais Malika y prenait moins de plaisir, car elle avait découvert que les seuls endroits où les gens regardaient avec attention ses tenues étaient deux restaurants et le bar en bas de leur hôtel. Elle en fit la remarque à Tony; il se mit à rire.

– Ah! je vois. C'est Paris qu'il te faut, maintenant.

Le visage de Malika s'éclaira! On pourrait y aller?

Quand la dernière commande leur fut livrée, Tony et Malika firent un ultime dîner chez *Horcher,* avant de se mettre en route pour Paris, le lendemain matin de bonne heure. Ils passèrent la nuit à Biarritz, où les rues étaient désertes et balayées par la pluie.

## IX

Paris était beaucoup trop vaste. Elle en eut peur avant même d'arriver à l'hôtel, et elle décida de ne pas laisser Tony la quitter d'un pas, à moins d'être dans sa chambre, en sécurité. A l'*Hôtel de la Trémoille,* elle l'observa tandis qu'il faisait ses coups de téléphone, l'un après l'autre. Affalé sur le lit, il blaguait, parlait fort, jetait les jambes en l'air et hurlait de rire. Puis il se tourna vers elle.

– Demain, je t'emmène à une fête et je vois tout à fait ce que tu vas mettre : le petit numéro en satin, couleur d'huître.

Malika se sentit surexcitée par la demeure somptueuse et les invités en tenue de soirée. Enfin, elle en était certaine, elle avait atteint un lieu peuplé de gens au raffinement extrême. Quand elle s'aperçut qu'on la regardait avec approbation, elle eut un sentiment de triomphe.

Bientôt, Tony la mena vers une grande et jolie fille aux yeux noirs étincelants.

– Voici ma sœur, Dinah, annonça-t-il. Elle parle mieux l'espagnol que moi.

Puis, désignant Malika, il ajouta : Et voici la nouvelle Antinea. Il les laissa ensemble et disparut dans une pièce voisine.

Les façons amicales de Dinah envers elle donnaient l'impression qu'elles se connaissaient depuis longtemps. Lorsqu'elles eurent bavardé quelques minutes, elle emmena Malika vers un groupe de Sud-Américains. Les femmes étaient couvertes de bijoux et quelques-unes portaient des peaux de bêtes sur les épaules. Même les hommes avaient d'énormes diamants aux doigts. Il vint à l'esprit de Malika que Tim n'eût sans doute pas approuvé leur forme d'élégance, mais pour une ville comme celle-ci, il ne fallait peut-être pas prendre Tim comme arbitre du goût.

– Paris es muy grande, dit-elle à un homme qui lui souriait d'un air engageant. Je l'ai vue hier pour la première fois. J'ai peur de sortir. Pourquoi est-ce qu'on a fait la ville si grande?

L'homme, avec un sourire encore plus épanoui, lui dit qu'il était à sa disposition, et qu'il serait enchanté de l'accompagner où elle voudrait, quand il lui plairait.

– Ah, fit-elle, l'air pensif. Ce serait agréable.

– Mañana?

Par hasard, Dinah avait saisi la fin de ce dialogue.

– Non, pas demain, c'est impossible, dit-elle avec vivacité, en attirant Malika par le bras. Tout en l'entraînant à l'écart, elle lui chuchota avec colère :

– Sa femme était là, en train de vous observer.

Malika jeta un regard effrayé par-dessus son épaule. L'homme lui souriait toujours.

Les jours suivants, Dinah, qui habitait à proximité de l'hôtel, avenue Montaigne, vint les voir souvent. Elle et Tony avaient de longues discussions, pendant que Malika écoutait la radio du Caire. Une après-midi où Tony était sorti et où elle s'ennuyait, elle demanda à Dinah d'appeler Tanger au téléphone. Une demi-heure plus tard, la sonnerie retentit et elle entendit la voix de Bobby.

– Holá! Bobby!

– Malika! s'écria-t-il, et sa voix était déjà montée d'un ton. Tu ne peux pas me faire ça! Qu'est-ce que tu fais à Paris? Il faut que tu reviennes à Tanger.

Malika ne dit rien.

– Nous t'attendons. Que dira Tim, si tu n'es pas là?

– Tim! fit-elle avec mépris. Où est Tim?

– Il revient la semaine prochaine. Passe-moi Tony.

– Tony est sorti.

– Écoute-moi! lui cria Bobby. A quel hôtel êtes-vous?

– Je ne sais pas le nom, dit-elle. C'est à Paris. C'est un bon hôtel. Adios.

Un matin, peu de temps après, Tony annonça soudain qu'il partait pour Londres dans une heure. Dinah apparut quelques instants avant son départ. Ils avaient l'air de se disputer et leur querelle ne cessa qu'au moment où Tony les embrassa l'une et l'autre en guise d'adieu. Après son départ, Malika eut un hochement de tête sagace. Londres, se dit-elle, songeuse. Il ne reviendra pas.

## X

Le lendemain du jour où Malika s'installa chez Dinah, le temps vira au froid et à la pluie. Dinah sortait souvent, la laissant seule à l'appartement avec la femme de chambre et la cuisinière. Malika ne regrettait pas de rester à l'intérieur, bien au chaud. Il manquait à sa garde-robe, si impressionnante qu'elle fût, les éléments propres à affronter les intempéries. Ce n'était qu'un avant-goût du froid, lui avait dit Dinah, il faudrait attendre de longs mois avant de retrouver la chaleur. Malika se figurait qu'il devait y avoir à Paris, quelque part, une joteya où elle pourrait apporter deux ou trois robes du soir pour les échanger contre un manteau. Mais Dinah, interrogée sur ce point, lui répondit d'un signe de tête négatif.

Vaste et spacieux, l'appartement abritait une généreuse collection de revues, bonnes à étudier. Malika passait son temps pelotonnée sur un divan, où elle examinait les photos de mode en détail.

Tony téléphona de Londres que son retour était retardé de quelques jours. A cette nouvelle, Malika eut un sourire et dit : Claro.

– Je déjeune avec une amie qui a des milliers de

vêtements, annonça un jour Dinah. J'essaierai de te trouver un manteau.

Dans l'après-midi, elle rapporta en effet un vison qui avait grand besoin de réparations. Malika observa les déchirures d'un air dégoûté.

– Tu n'as pas idée de la chance que tu as, lui dit Dinah. Malika haussa les épaules.

Confié aux soins du fourreur, ajusté à sa taille, une fois les peaux recousues, le manteau avait l'air entièrement neuf, comme s'il venait d'être fait pour Malika. Elle effleura du bout des doigts le poil luisant, s'observa dans la glace et décida que c'était après tout un beau vêtement.

L'amie de Dinah vint un jour déjeuner. Elle s'appelait Daphné, n'était pas très jolie, et essayait de converser avec Malika en italien. Au cours du repas, elle les invita à Cortina d'Ampezzo, où elle devait passer des vacances avec un groupe d'amis.

Dinah se montra enthousiaste. Après le départ de Daphné, elle sortit un album de photos, qu'elle ouvrit sur les genoux de Malika. Celle-ci vit le sol tout blanc et les gens, habillés sans élégance avec de longues planches au bout des pieds. Ce n'était guère enivrant, mais l'étrange paysage blanc et les groupes de gens à la mine joyeuse éveillèrent sa curiosité. Ce serait peut-être plus intéressant que Paris, où la vie, en fin de compte, s'avérait plutôt monotone.

Elles passèrent à l'agence pour réserver les places d'avion.

– N'as-tu vraiment pas d'argent? lui demanda Dinah, pendant qu'elles attendaient au comptoir.

Soudain, Malika fut saisie de honte.

– Tony ne m'en a jamais donné, dit-elle.

– Cela ne fait rien.

Au moment du départ, elles eurent une violente discussion au sujet des nombreuses valises de Malika.

– Tu n'auras pas besoin de tous ces vêtements là-bas, objectait Dinah. Et d'ailleurs, cela coûterait un prix fou de les prendre dans l'avion.

– Il faut que j'emporte tout, dit Malika.

Tous les habits partirent avec elles dans l'avion. Elles eurent mauvais temps entre Paris et Milan, où elles trouvèrent la voiture de Daphné, qui était déjà à Cortina.

Le voyage n'avait pas plu à Malika. Elle ne comprenait pas qu'on prenne l'avion, quand on possédait une automobile. Là-haut, il n'y avait rien à regarder que des nuages et le balancement de l'appareil incommodait certains passagers, de sorte qu'à la fin du trajet, tout le monde semblait nerveux et de mauvaise humeur. Ensuite, tandis que la voiture filait sur l'autostrada, Malika eut l'impression de se retrouver en Espagne.

Le chauffeur leur expliqua que les autres invités occupaient tout le chalet et que Daphné avait décidé de les loger à l'hôtel. Dinah accueillit cette nouvelle en silence; sans doute était-elle mécontente. Malika, lorsqu'elle eut compris la situation, se réjouit en secret. Il y aurait sûrement plus de gens à l'hôtel qu'au chalet.

## XI

Il faisait froid à Cortina. Au début, Malika refusait de mettre le nez dehors. L'air est comme du poison ici, se plaignait-elle. Mais peu à peu, elle fit quelques tentatives et découvrit qu'il s'agissait d'un froid agréable.

Elle restait assise avec la petite bande sur la terrasse

de l'hôtel dans le soleil étincelant, protégée par son confortable manteau, buvant à petites gorgées un chocolat chaud, pendant que les autres prenaient leurs cocktails.

L'entrain jovial et les joues rouges des gens l'intriguaient et la neige ne cessait de la fasciner. Le matin, quand Daphné et ses invités venaient chercher Dinah, elle suivait du regard le groupe exubérant qui se pressait sur les pistes. Ensuite, elle errait à travers le hall et les salons. Le personnel se montrait poli et souriant. Une boutique dans l'hôtel vendait des skis et les vêtements à mettre lorsqu'on s'en servait. Chaque jour, les étalages étaient renouvelés, de sorte qu'on voyait souvent Malika devant la vitrine, en train d'examiner la marchandise.

A deux reprises, un grand jeune homme s'était approché, comme s'il s'apprêtait à lui parler. Chaque fois, elle s'était détournée et avait repris sa promenade sans but. A mainte occasion, Tony et Dinah l'avaient mise en garde contre la tentation de parler à des inconnus. Elle pensait qu'il valait mieux observer ce précepte auquel ils semblaient tenir. Elle avait découvert que le barman, Otto, parlait l'espagnol ; le matin, il avait peu de clients et elle en profitait parfois pour entrer et bavarder avec lui. Un jour, il lui demanda pourquoi elle n'allait jamais skier avec ses amis.

– Je ne sais pas skier, répondit-elle, d'une voix sourde.

A cet instant, elle vit dans le miroir derrière le comptoir, que le grand jeune homme était entré et se tenait dans la porte, comme s'il écoutait leur conversation. Elle espéra qu'Otto n'en dirait pas plus ; mais il reprit :

– Ce n'est pas une raison. Prenez des leçons. A Cortina, il y a des tas de bons moniteurs.

Malika secoua la tête de droite à gauche, d'un mouvement lent et répété.

Le jeune homme s'approcha du bar et dit en espagnol : Notre ami Otto a raison. Cortina est fait pour ça. Tout le monde skie ici.

Il s'appuya sur le comptoir et se tourna vers Malika.

– Je passe moi-même beaucoup de temps chez nos voisins du sud, dit-il sur un ton de confidence. J'ai une petite hacienda du côté de Durango.

Malika le regarda, l'œil fixe. Il parlait en espagnol, mais elle ne comprenait rien à ce qu'il disait. Il se méprit sur son expression et fronça les sourcils.

– Qu'est-ce qu'il y a? Vous n'aimez pas Durango?

Elle dirigea le regard vers Otto, puis à nouveau vers le jeune homme. Ensuite, elle éclata de rire et la cascade de sons emplit agréablement le bar. Le visage du jeune homme parut se détendre tout d'un coup.

Elle se glissa de son tabouret, lui fit un sourire et dit : Je ne comprends pas. Hasta luego, Otto.

Tandis que le jeune homme cherchait encore, d'évidence, à retrouver ses esprits, elle fit demi-tour et sortit du bar.

Cela marqua le début d'une nouvelle amitié, qui ne fit que croître et embellir au cours de la journée. A la fin de l'après-midi, Malika et le jeune homme, qui disait s'appeler Tex, firent une promenade sur la route devant l'hôtel, là où la neige était bien damée. Autour d'eux, les cimes des montagnes devenaient roses.

Elle huma l'air avec avidité.

– J'aime cet endroit, déclara-t-elle, comme si c'était l'objet d'une discussion.

– Vous l'aimeriez encore mieux, si vous appreniez à faire du ski, lui dit-il.

– Non, non!

Elle hésita, puis elle poursuivit, très vite : Je n'ai pas de quoi payer les leçons. Je n'ai pas d'argent. Elles ne m'en donnent pas.

– Qui ça « elles »?

Elle continuait à marcher à côté de lui sans répondre et il lui prit le bras. Avant la fin de la promenade, elle avait permis à Tex de lui offrir les leçons, les skis et des vêtements, à condition qu'ils aillent les choisir en ville, plutôt que dans la boutique de l'hôtel.

Les leçons commencèrent dès qu'elle fut équipée. Tex y assistait toujours. Dinah n'était pas contente du tout. C'est incroyable! disait-elle. Inouï! et elle demanda à Malika de lui montrer qui était ce Tex.

Malika, qui ne lui en avait jamais voulu de la laisser chaque jour se distraire comme elle le pouvait, ne parvenait pas à comprendre cette désapprobation. Elle était enchantée de son nouvel ami et organisa une rencontre avec Dinah dans le bar. Ils parlèrent anglais ensemble une demi-heure, pendant que Malika restait à les écouter. Ce Tex est un barbare, déclara Dinah plus tard. Devant l'incompréhension de Malika, elle insista :

– C'est un idiot!

Malika se mit à rire. Elle interprétait l'éclat de Dinah comme un signe que Tex lui plaisait aussi.

– Il a bon cœur, répondit-elle sans s'émouvoir.

– Oui, oui. Tu le verras bientôt, son bon cœur, rétorqua Dinah avec un sourire tordu.

Malika avait remarqué que l'intérêt de Tex était fondé en partie sur l'atmosphère de mystère qui l'entourait, et elle lui fournissait le moins possible d'informations sur sa personne. Il la prenait toujours pour une Mexicaine, apparentée à Dinah, et dont celle-ci, pour une raison ou pour une autre, avait la responsabilité. Cette méprise amusait Malika, qui ne faisait rien pour la corriger. Elle savait que Dinah et

Daphné se trompaient, elles aussi; dans leur idée, Malika avait une liaison avec Tex; Malika était ravie qu'elles le pensent, précisément parce que c'était faux.

Parfois, en dépit des efforts de Malika pour l'en empêcher, Tex buvait trop de whiskies. Cela se produisait en général dans le bar, après le dîner. Son visage prenait alors une expression qui la faisait penser à un poisson échoué sur une plage. Les yeux exorbités, la bouche relâchée, il s'emparait de la main de Malika qu'il tenait enveloppée dans les siennes et gémissait : Oh! Mon ange! Pour Malika, c'était là l'expression d'un moment de désespoir. Elle soupirait, hochait la tête, et essayait de le consoler en lui disant que dans peu de temps, il se sentirait mieux.

Les leçons de ski avançaient bien; Malika passait presque toute la journée sur la neige avec Tex. Elle aurait même pris les repas à sa table, si Dinah ne l'avait pas interdit avec indignation.

Un jour, pendant le déjeuner, Dinah alluma une cigarette et dit :

– Demain, tu prendras ta dernière leçon de ski. Nous partons pour Paris, jeudi.

Malika vit qu'elle surveillait de près ses réactions. Elle décida de prendre l'air légèrement déçue, mais pas assez pour que Dinah y trouve la moindre satisfaction.

– Ces vacances ont été merveilleuses, poursuivit Dinah, et nous nous sommes tous très bien amusés, mais maintenant, c'est fini.

– Así es la vida, murmura Malika, la tête baissée.

## XII

Cette après-midi-là, après la leçon, Malika et Tex étaient assis côte à côte sur la neige, regardant l'autre côté de la vallée dans la lumière qui baissait. Soudain, il s'aperçut qu'elle sanglotait. Tex tourna vers elle un regard consterné, puis il l'attira à lui, pour la réconforter. A travers ses larmes, elle répéta ce que Dinah lui avait dit au déjeuner.

Dès qu'elle sentit les bras de Tex autour de ses épaules, elle comprit la cause de son chagrin : elle ne voulait pas le quitter. Elle appuya la tête contre sa poitrine et sanglota : Me quiero quedar contigo, Tex, contigo.

A ces mots, Tex fut transfiguré. Le visage rayonnant, il lui dit, tout en cherchant à l'apaiser par de petits gestes câlins, qu'il ferait n'importe quoi pour elle. Si elle le voulait, il était prêt à l'emmener avec lui le soir même. Malika cessa de pleurer pour mieux l'écouter.

Avant de quitter le remblai de neige sur lequel ils étaient assis, ils avaient fixé leur départ au lendemain matin, dès que Dinah serait partie skier. Tex était résolu à éviter toute rencontre avec Dinah, et Malika lui fit écrire un mot sous sa dictée.

« Dinah, je ne veux pas aller à Paris en ce moment. Merci pour tout, et remercie aussi Daphné. J'ai adoré Cortina. Maintenant, je vais apprendre à skier. Je serai en Suisse quelque temps. Bonne chance, Malika. »

Tex avait loué une voiture avec chauffeur, assez grande pour y loger les nombreux bagages de Malika et qui devait les prendre à l'hôtel à neuf heures et demie du matin. Le départ se passa sans encombre. Malika remit le message pour Dinah au chef de la réception. Il ne lui parla pas de sa note, chose qu'elle craignait un peu, et se borna à hocher la tête avec gravité.

En sortant de Cortina, Malika dit :

– Dinah va être furieuse.

– J'y pensais. Va-t-elle nous faire des ennuis?

– Elle ne peut rien faire. Elle n'a jamais vu mon passeport. Elle ne connaît même pas mon nom.

Tex eut l'air abasourdi et commença à lui poser une longue série de questions. Mais Malika, toute joyeuse de contempler le magnifique panorama enneigé, répondait sans répondre; elle lui prenait la main de temps à autre pour attirer son attention sur un détail du paysage, et elle parvint tout doucement à se rendre maîtresse de la situation, sans qu'il s'en aperçoive.

Ils déjeunèrent dans un petit restaurant à Mezzolombardo. Le garçon apporta une bouteille de vin et leur versa à chacun un verre.

– Non, dit Malika, repoussant le sien.

– Ton amie Dinah n'est plus là, rappela Tex. Tu peux faire ce que tu veux.

– Dinah! s'écria Malika, d'un ton de mépris. Qu'ai-je à faire de Dinah! Elle n'est rien à côté de la parole de Dieu!

Il se contenta de lui jeter un regard désorienté, sans poursuivre le sujet plus avant, et il but la bouteille entière, à lui tout seul, de sorte qu'il retourna à la voiture de bonne humeur et tout à fait détendu. Tandis qu'ils roulaient vers le sud sur l'autostrada, il n'eut d'autre souci que de serrer avec fièvre la main de Malika dans la sienne, de lui donner de petits baisers dans le cou, et pour finir, de l'embrasser avec passion en plein sur la bouche. Malika n'eût rien pu espérer de mieux.

## XIII

A Milan, pendant le dîner, Malika le regarda boire deux bouteilles de vin. Plus tard, il prit plusieurs whiskies dans le bar. A Cortina, elle le suppliait de s'arrêter, mais ce soir-là, elle fit semblant de ne pas remarquer qu'il sombrait dans une ivresse totale. Elle entreprit plutôt de lui raconter une histoire fort compliquée qu'elle connaissait depuis l'enfance, au sujet d'une goule qui vivait dans une grotte et déterrait les cadavres fraîchement inhumés pour en extraire le foie. Mais elle vit l'expression ahurie de Tex et s'arrêta au beau milieu de sa narration.

Il hocha la tête d'un air désabusé.

– Quelle imagination! dit-il.

– Je veux apprendre l'anglais, dit Malika, renonçant à la goule. C'est là ce que je vais faire en Suisse.

Lorsqu'ils montèrent à l'étage, Tex était parfaitement ivre. C'était dommage, car elle le préférait de beaucoup, quand il était sobre. Mais elle prévoyait qu'il voudrait sans doute coucher avec elle et jugeait plus prudent qu'il n'ait pas l'esprit trop clair pour leur rencontre initiale. Il fallait, c'était capital, lui faire croire qu'il était le premier.

Le matin, lorsqu'il s'éveilla, le regard fixe, cherchant à se rappeler, elle lui confia que cela n'avait pas été aussi douloureux qu'elle ne le craignait. Plein de repentir, Tex était au bord des larmes, lorsqu'il implora son pardon. Elle sourit et le couvrit de baisers.

Après avoir posé ces premiers jalons, elle continua dans la même voie, sans but précis, simplement pour accroître son emprise. Profitant de ce qu'il avait le cerveau embrumé par ce remords matinal, elle le fit jurer de renoncer au whisky.

Au Grand Saint-Bernard, quand la police leur rendit leur passeport, Malika vit que Tex regardait le sien avec étonnement. Lorsqu'ils eurent regagné la voiture, il demanda à le revoir. Les caractères arabes avaient piqué sa curiosité au vif et semblaient lui causer une forte excitation. Il se mit à lui poser des tas de questions sur le Maroc auxquelles elle n'eût pu en aucun cas répondre, même si elle avait été d'humeur à le faire. Elle l'assura que c'était comme n'importe quel autre pays. Maintenant, je regarde la Suisse, lui dit-elle.

Ils arrivèrent à Lausanne au coucher du soleil et prirent des chambres dans un grand hôtel au bord du lac, à Ouchy. C'était bien plus grandiose que l'auberge de Cortina, et les gens, qui n'étaient pas en tenue de ski, paraissaient à Malika beaucoup plus élégants.

– J'aime cet endroit, dit-elle à Tex pendant le dîner. Combien de temps pouvons-nous y rester?

Le lendemain matin, sur l'insistance de Malika, ils allèrent s'inscrire à l'école Berlitz, pour y suivre les cours intensifs, elle d'anglais, lui de français. Elle voyait que Tex la croyait incapable de se tenir à leur strict emploi du temps sans se lasser, mais elle était décidée à ne pas quitter Lausanne avant de pouvoir soutenir une conversation en anglais. Ils passaient chaque matinée dans leur classe respective, déjeunaient ensemble et retournaient ensuite à l'école.

Tous les vendredis après-midi, Tex louait une voiture; ils allaient à Gstaad et s'arrêtaient pour dîner en route. Le samedi et le dimanche, sauf s'il neigeait, ils skiaient toute la journée à Wasserngrat ou à Eggli. Parfois, Tex exigeait de rester jusqu'au lundi, ce qui leur faisait manquer les cours du matin. Malika voyait bien que si elle avait laissé Tex agir à sa guise, il ne serait jamais rentré le dimanche et aurait prolongé les fins de semaine de plus en plus. Il approuvait les cours d'anglais, mais il ne comprenait pas pourquoi Malika en avait une telle obsession. Elle-même eût été incapable de le lui expliquer. Elle savait seulement que si elle cessait d'apprendre, elle était perdue.

## XIV

Ils passèrent l'hiver à Lausanne sans se faire d'amis, car ils se suffisaient entièrement l'un à l'autre. Un jour, en sortant de la Schweizerische Kreditanstalt où Tex avait ouvert un compte pour Malika, il se tourna vers elle et lui demanda à brûle-pourpoint si elle avait jamais pensé au mariage.

Elle le regarda, perplexe.

– J'y pense tout le temps. Tu sais que cela me rend très heureuse d'être mariée avec toi.

Tex la dévisagea, comme s'il n'avait rien compris. Au bout d'un instant, il lui prit le bras et l'attira vers lui.

– Cela me rend heureux, moi aussi, lui dit-il.

Pourtant elle voyait bien qu'il n'était pas complètement satisfait. Plus tard, lorsqu'ils se retrouvèrent seuls, il lui dit que, naturellement, oui, c'était vrai, ils étaient mariés, mais que lorsqu'il lui en avait parlé, il pensait à un mariage officiel, avec des papiers.

– Avec des papiers, ou sans les papiers! C'est pareil,

non? Quand deux personnes s'aiment, qu'est-ce que les papiers ont à y voir?

– Ce sont les gouvernements, expliqua-t-il. Ils préfèrent que les gens aient des papiers de mariage, s'ils sont mariés.

– Bien sûr, acquiesça-t-elle. Au Maroc aussi. Beaucoup de gens mariés ont fait les papiers.

Elle était sur le point d'ajouter que ces papiers devenaient importants surtout quand on avait l'intention d'avoir des enfants, mais elle sentit qu'elle s'avançait sur un terrain dangereux et elle se reprit à temps. A la manière dont il l'interrogeait parfois, elle avait compris qu'il se demandait si elle n'était pas enceinte. Ses questions l'amusaient, car son inquiétude supposait qu'il n'y avait pas eu avant Tex, un Tim pour lui montrer comment se débrouiller afin d'être toujours tranquille.

Un matin où elle se plaignait de fatigue, il lui posa la question franchement.

– Tu crois que les femmes marocaines ne savent rien? s'écria-t-elle. Si elles veulent des enfants, elles en font. Sinon, elles n'en font pas.

Il hocha la tête d'un air de doute.

– Ces remèdes de bonne femme ne marchent pas toujours.

Elle comprit que le danger était passé, il ne savait rien du Maroc.

– Le mien marche, dit-elle.

Si elle ne lui parlait jamais de l'Amérique et ne posait aucune question sur sa famille, c'est qu'elle était incapable de se représenter sa vie là-bas avec assez de précision pour en être curieuse. En revanche, Tex parlait de son pays de plus en plus souvent. C'était la première fois qu'il restait absent aussi longtemps, lui dit-il. Malika interprétait ces remarques comme des avertissements : il en avait assez de leur existence actuelle et il méditait un changement. Cette idée semait la terreur en son âme, mais elle voulait éviter qu'il s'en aperçoive.

Parfois, elle le surprenait en train de la regarder avec une expression d'incompréhension totale. A présent, (Malika y tenait) ils conversaient souvent en anglais. Elle trouvait que cela lui allait mieux que l'espagnol et qu'il avait une voix toute différente.

– Est-ce que tu voudrais te marier? Je veux dire, avec les papiers.

– Oui, si tu veux.

– Mais toi? insista-t-il.

– Si tu le désires, moi aussi bien sûr, je le veux.

Ils se marièrent dans le presbytère d'un pasteur protestant. Celui-ci fit remarquer à Tex en aparté qu'il n'était pas pour le mariage avec une fiancée aussi jeune. Selon mon expérience, dit-il, les unions de ce genre résistent rarement à l'épreuve du temps.

Pour Malika, tout cet épisode n'était qu'une de ces inepties qui semblent avoir la faveur des nazaréens. Mais elle percevait clairement que c'était fort important pour Tex. Son caractère même paraissait avoir subi une subtile métamorphose et, depuis la cérémonie, il semblait plus sûr de lui. Elle le préférait ainsi et décida qu'en son for intérieur, Tex devait être profondément dévot. Les papiers, de toute évidence, constituaient une formalité requise par la religion nazaréenne. Maintenant que Tex les avait obtenus, il se sentait plus en sécurité.

Deux semaines seulement s'étaient écoulées, quand, après avoir bu un peu plus de vin que d'habitude, Tex annonça qu'ils allaient rentrer chez eux. Malika accueillit la nouvelle sans joie, avec un sentiment d'inquiétude. Elle constatait qu'il avait l'air content de quitter le monde d'hôtels et de restaurants dans lequel ils vivaient, et elle soupçonnait que la vie dans une maison serait tout à fait autre et beaucoup moins amusante.

A nouveau, elle ne vit rien d'intéressant pendant le voyage en avion, mais cette fois-ci, il dura si longtemps qu'elle en conçut de l'appréhension. Tex avait sommeil, pourtant elle le dérangea plusieurs fois pour lui demander où ils étaient.

A deux reprises, il lui répondit d'un ton jovial : Dans le ciel. La fois suivante, il dit : Quelque part au-dessus de l'océan, j'imagine. Et il lui lança un coup d'œil furtif.

– Nous n'avançons plus, lui dit-elle. L'avion est arrêté.

Il se contenta de rire, mais de telle façon qu'elle eut l'impression d'avoir fait une gaffe.

– Je n'aime pas cet avion, lui dit-elle.

– Dors, lui conseilla-t-il.

Elle ferma les yeux et resta assise sans bouger. Elle avait le sentiment d'être partie beaucoup trop loin – si loin que maintenant, elle n'était plus nulle part. En dehors du monde, se dit-elle en arabe, avec un frisson.

## XV

L'aspect de Los Angeles confirma Malika dans son idée qu'elle avait laissé derrière elle tout ce qui était compréhensible, et qu'elle se trouvait à présent dans un endroit complètement différent, dont elle ne pouvait saisir les règles. Ils allèrent de l'aéroport au sommet de la montagne où se trouvait une maison cachée dans les bois. Tex lui en avait parlé, mais elle s'était imaginé tout autre chose, un peu comme la Montagne à Tanger, où les maisons étaient entourées de grands jardins. Ici, la demeure était enfouie dans les arbres; même lorsqu'ils approchèrent de la porte, elle n'en voyait pas toute la façade.

– En plein dans la forêt, dit-elle, étonnée.

Un petit Philippin fort laid, en veste blanche, leur ouvrit la porte. Il salua très bas et prononça un bref discours de bienvenue. Elle voyait bien qu'il parlait anglais, mais ce n'était pas l'anglais qu'on lui avait appris à Lausanne. Lorsqu'il eut fini, elle le remercia avec gravité.

Plus tard, elle demanda à Tex ce que le petit homme avait dit.

– Il te souhaitait d'être heureuse ici dans ta nouvelle maison, c'est tout.

– Ma maison? Mais ce n'est pas ma maison, c'est la tienne.

– Pas ta maison? Mais bien sûr qu'elle est à toi. N'es-tu pas ma femme?

Malika fit un signe d'assentiment. Mais, quoi qu'on pût lui dire, elle savait que les hommes, s'ils se fatiguent de leurs femmes, les mettent à la porte et en prennent d'autres. Elle aimait Tex, elle avait confiance en lui, mais elle ne s'attendait pas à ce qu'il se distingue de l'ensemble des hommes sur ce point. Le jour venu, elle savait qu'il trouverait un prétexte pour se débarrasser d'elle. L'important était de repousser l'instant fatal, de l'éloigner autant que possible. Elle hocha la tête et dit avec un sourire : J'aime cette maison, Tex.

Les pièces, de forme irrégulière, offraient des niches et des alcôves inattendues garnies de moelleux divans et de coussins empilés. En inspectant la maison, elle nota avec satisfaction les grilles en fer forgé qui barraient les fenêtres. Déjà, elle avait remarqué la massive porte d'entrée et ses puissants verrous.

Le soir, assis devant la cheminée, ils entendirent hurler les coyotes.

Des chacals, murmura Malika en tournant la tête. Très mauvais cela.

Elle ne comprenait pas qu'on gaspille son argent à construire une aussi jolie demeure dans un lieu aussi solitaire. Et surtout, elle ne parvenait pas à imaginer pour quelle raison on avait laissé les arbres pousser si près de la maison. Sans le dire, elle décida qu'elle ne sortirait jamais sans Tex et qu'elle ne resterait en aucun cas dans la maison sans lui.

Le lendemain matin, Tex se préparait à descendre en ville.

Malika le poursuivit à travers toute la maison en criant : Attends! Je t'accompagne!

– Tu t'ennuierais, lui dit-il. Je dois aller chez un avocat. Reste ici avec Salvador.

Elle ne pouvait dire à Tex qu'elle avait peur de rester; c'eût été un affront impardonnable.

– Non, non, non! Je veux voir la ville, lui dit-elle.

Il l'embrassa et ils se mirent en route. La voiture était plus grande que celle qu'ils avaient louée à l'aéroport la veille.

– Je veux toujours aller avec toi, partout, lui confiat-elle dans l'espoir de créer un précédent.

Durant les semaines au cours desquelles elle passa du temps à contempler les rues, elle ne réussit pas à comprendre ce qui motivait la vie ici. Les gens se dirigeaient toujours quelque part, ils étaient toujours pressés. Elle était trop avisée pour s'imaginer que tous ces gens étaient interchangeables, mais elle ne disposait d'aucun moyen qui lui permette de les situer. Au Maroc, en Europe, elle avait vu des gens actifs et occupés parmi d'autres qui les regardaient. Partout, où qu'on soit, quoi qu'on fasse, il y avait des badauds. En Amérique, lui semblait-il, chacun se dirigeait vers un lieu précis, personne n'était jamais assis à regarder. C'était troublant; elle se sentait loin, très loin de tout ce qu'elle connaissait. Les autoroutes la terrorisaient; elle ne pouvait se défaire de l'idée que les voitures fuyaient le site de quelque épouvantable catastrophe qui les avait jetées sur les routes, pleines de réfugiés. Elle eut l'occasion d'observer à loisir les petites maisons alignées côte à côte, kilomètre sur kilomètre, et de comparer ces humbles demeures à la maison sur la montagne. Il lui vint à l'idée que c'était peut-être un privilège d'habiter là-haut et qu'elle avait de la chance. Un jour, elle se tourna vers Tex et dit :

– As-tu plus d'argent que ces gens?

– Quels gens?

Elle fit un geste de la main :

– Ceux qui habitent dans ces maisons.

– Je ne sais rien de l'argent des autres, lui répondit-il. Tout ce que je sais, c'est que moi, je n'en ai jamais assez.

Elle regarda, par la vitre de la portière, les rangées de maisonnettes en bois, entourées de buissons poussiéreux; elle ne pouvait croire ce qu'il lui disait.

– Mais tu *as* plus d'argent qu'eux, affirma-t-elle. Pourquoi ne veux-tu pas le dire?

Il eut un rire amusé.

– L'argent que j'ai, je l'ai gagné. Le jour de mes vingt et un ans, mon père m'a tendu un chèque et il m'a dit : Tiens. Voyons ce que tu seras capable d'en faire. En trois ans, j'en ai tiré quatre fois et demie la somme qu'il m'avait donnée. C'est là ce que tu voulais dire, papa? lui ai-je demandé. Et il m'a répondu : oui, c'est bien cela, mon fils.

Malika eut un moment de réflexion. Puis elle dit :

– Et maintenant, quand il a besoin d'argent, c'est toi qui lui en donnes.

Tex lui lança un regard de côté et il dit avec sérieux :
– Bien sûr.

Elle voulait lui demander s'il n'avait pas d'amis à Los Angeles. Depuis leur arrivée, elle n'en avait jamais rencontré aucun et trouvait cela étrange. Ce pouvait être une coutume locale qui prescrivait une période de stricte intimité pour les nouveaux mariés. Ou bien, il était possible que Tex n'ait ici que des relations féminines; en ce cas, les convenances interdiraient qu'elle fasse leur connaissance. Lorsqu'elle l'interrogea, il lui dit qu'il venait rarement à Los Angeles. Je suis la plupart du temps au Texas avec ma famille, lui expliqua-t-il, ou alors à Durango dans mon hacienda.

En haut de la maison, il y avait un atelier avec un large balcon-solarium qui échappait à l'ombre des arbres au milieu de la journée. Malika ne se sentait pas vraiment à son aise sur cette terrasse que rien ne protégeait de l'épaisse forêt. Elle craignait que des oiseaux malfaisants ne s'abritent dans les branchages. Parfois, Tex et elle s'asseyaient ici entre deux plongeons dans la piscine, laquelle, située en bas dans le patio fermé, lui semblait un lieu sûr. Tex la contemplait allongée sur un matelas et il lui disait qu'elle n'avait jamais été aussi belle. Elle l'avait constaté par elle-même, mais cela lui faisait plaisir qu'il l'ait remarqué, lui aussi.

## XVI

Un jour, Tex annonça qu'ils attendaient un convive pour le dîner, un homme qu'il appelait J.P. C'était un vieil ami de son père qui l'aidait à gérer ses finances.

Malika fut curieuse d'en savoir plus long sur ce travail et Tex essaya de lui expliquer les rouages de l'investissement boursier. Elle se tint coite un moment.

– Mais alors, on ne peut gagner de l'argent que si on en a déjà, remarqua-t-elle.

– Oui, convint Tex. C'est à peu près cela.

J.P., un homme entre deux âges et fort bien habillé, portait une petite moustache grisonnante. Il fut enchanté de Malika qu'il appelait ma Petite Dame. Ce terme lui parut péjoratif et proche de l'insulte, mais elle ne dit rien, car elle avait constaté que pour le reste, J.P. était agréable et de bonne compagnie. En outre, Tex lui avait recommandé :

– Rappelle-toi, si jamais tu as besoin d'une aide quelconque, n'importe laquelle, tu n'as qu'à appeler le numéro de J.P. C'est comme mon père.

Bien qu'il n'eût pas l'air de la prendre très au sérieux, Malika décida au cours du dîner, que J.P. était en réalité fort sympathique. Après le repas, Tex et lui se mirent à parler. Les mots continuèrent si longtemps que Malika s'endormit sur un divan et ne s'éveilla qu'après le départ de leur hôte. Elle se montra pleine de remords d'avoir été si impolie, mais elle blâma Tex de l'avoir laissée s'endormir.

Il se jeta à côté d'elle sur le sofa.

– J.P. t'a trouvée formidable. Il dit que tu es de loin la plus belle fille qu'il ait jamais vue.

– Il est gentil, c'est un homme agréable, murmura-t-elle.

Depuis son arrivée en Californie, la vie de Malika lui semblait bien immobile. En y réfléchissant, elle conclut que cela datait du jour où elle avait quitté l'école Berlitz. En toute innocence, elle demanda à Tex la permission de reprendre les leçons. A son étonnement, il repoussa l'idée. Ce serait ridicule, lui dit-il, il te suffirait de t'exercer un peu par la conversation. En général, il ne lui refusait rien, aussi continua-t-elle à réclamer des leçons, sans tenir compte de son avis. Soudain, elle comprit qu'il allait céder. Il semblait prendre le désir de Malika pour une critique personnelle. Enfin, elle s'aperçut qu'il était fâché.

– Tu ne comprends pas! s'écria-t-elle. Il faut que je fasse encore de l'anglais, afin de pouvoir étudier d'autres choses.

– Étudier!

– Bien sûr, répliqua-t-elle avec calme. Je vais toujours continuer à étudier. Tu crois que je voudrais rester comme je suis maintenant?

– Mais pour l'amour de moi, ma chérie, j'espère bien que tu ne changeras pas. Tu es parfaite.

Il voulut l'entourer de ses bras, mais elle se dégagea.

Ce soir-là, Tex lui dit :

– Je vais engager une femme pour aider à la cuisine. Ainsi, Salvador pourra te donner des leçons. C'est là, une chose que tu devrais apprendre, tu ne crois pas?

Malika garda le silence.

– Veux-tu que j'apprenne? Tu sais que j'ai envie de te rendre heureux.

Plusieurs heures chaque jour, Malika se mit à la cuisine avec Salvador et Concha, une jeune Mexicaine dont le petit Philippin méprisait ouvertement les capacités. La cuisine était une pièce agréable, mais la quantité de machines bizarres qui s'y trouvaient et de sonneries qui retentissaient sans cesse, tandis que Salvador courait à droite et à gauche, l'impressionnait et lui brouillait les idées. Elle avait même un peu peur de Salvador, dont la figure ne changeait jamais d'expression : un sourire figé. En cas de contrariété, il semblait s'élargir encore. Elle se donnait du mal pour suivre scrupuleusement toutes ses directives. En peu de temps, il réussit à lui enseigner des plats simples, qu'on servait pour le déjeuner. Si la recette exigeait une sauce béchamel ou chasseur, il la préparait lui-même et l'incorporait ensuite, car Malika mesurait mal les temps nécessaires. Elle était contente de voir que Tex trouvait les mets qu'elle avait confectionnés dignes d'être présentés à table. Elle continua à passer deux heures dans la cuisine chaque matin, ainsi qu'une heure environ, le soir avant le dîner. Parfois elle aidait Salvador et Concha à préparer un panier de pique-nique qu'ils emportaient à la plage. Elle aurait eu plaisir à décrire à Tex les pique-niques sur la plage à Tanger, mais c'était malheureusement impossible.

## XVII

Parfois, malgré les supplications de Malika, Tex profitait des séances de cuisine du matin pour faire une course en ville dans la petite voiture. Elle se faisait du souci jusqu'à ce qu'il soit rentré, mais il revenait toujours à temps pour le déjeuner. Un jour, Tex n'apparut pas à l'heure habituelle. Le téléphone se mit à sonner. Salvador s'essuya les mains et passa à l'office pour répondre, tandis que Malika et Concha continuaient à bavarder en espagnol. Au bout d'un instant Salvador réapparut dans la porte et, avec un sourire radieux, il annonça à Malika que la police avait téléphoné pour dire que monsieur Tex avait eu un accident et qu'on l'avait transporté dans un hôpital à Westwood.

Malika se précipita sur le petit homme et le saisit par les épaules : Téléphonez à J.P.!

Elle trépignait d'énervement tandis qu'il cherchait

le numéro et le composait au cadran. Dès qu'il eut obtenu J.P., elle lui arracha le téléphone des mains.

– J.P.! Venez me chercher! Je veux voir Tex.

Elle entendait la voix de J.P., calme, rassurante :

– Oui. Attendez-moi tranquillement. Je serai là aussitôt que possible. Ne vous inquiétez pas. Repassez-moi Salvador.

Elle laissa Salvador en train de parler et monta en courant jusqu'à l'atelier où elle se mit à marcher de long en large. Si Tex était à l'hôpital, il n'allait sans doute pas rentrer pour la nuit et elle ne voulait pas rester sans lui. Elle sortit sur le balcon et regarda fixement les arbres. Tex est mort, pensa-t-elle.

L'après-midi était déjà avancée quand la voiture de J.P. s'arrêta devant la maison. Il trouva Malika dans l'atelier, à plat ventre sur un canapé. Au son de sa voix, elle se releva d'un bond et courut vers lui, les yeux égarés.

Ce soir-là, Malika dormit chez J.P. Il avait insisté pour la ramener avec lui et pour la confier aux soins de sa femme, car en effet Tex était mort; il avait succombé peu de temps après son arrivée à l'hôpital.

J.P. et sa femme ne s'appesantirent pas sur le malheur de Malika. Madame J.P. dit que les témoignages de sympathie dans ces cas-là pouvaient déclencher une crise d'hystérie. Malika déversait sur eux un flot de paroles entrecoupé de pleurs. Parfois elle oubliait que ses interlocuteurs ne comprenaient ni l'arabe, ni l'espagnol et ils devaient l'inciter à revenir à l'anglais. Elle avait juré d'accompagner Tex chaque fois qu'il sortirait. Elle n'avait pas tenu parole, donc il avait été tué. C'était le seul être au monde qu'elle aimait, elle était si loin de chez elle, et qu'allait-elle devenir ici toute seule?

Cette nuit-là, allongée dans l'obscurité, attentive aux hurlements des sirènes de police, elle fut assaillie à nouveau par la sensation qui s'était emparée d'elle dans l'avion, celle d'être partie trop loin et d'avoir perdu toute possibilité de retour. Auprès de Tex, elle avait pu accepter l'étrangeté de cet endroit; maintenant, elle se voyait comme une naufragée sur une terre inconnue peuplée de créatures aux intentions insondables. Et personne ne pouvait venir à son secours, car personne ne savait où elle était.

Elle passa plusieurs nuits chez J.P. Pendant les journées, elle allait dans les supermarchés et autres points d'intérêt en compagnie de madame J.P.

– Il faut vous occuper, lui disait son hôtesse. Allons, nous ne devons pas vous laisser broyer du noir.

Il n'y avait aucun moyen, cependant, d'empêcher Malika de s'inquiéter. Échouée dans ce pays où elle n'avait plus aucune raison d'être, sans même une peseta pour acheter du pain, et où seul le bon vouloir de J.P. et de sa femme lui permettait de ne pas mourir de faim, qu'allait-elle devenir?

## XVIII

Un matin, J.P. lui-même conduisit Malika en voiture à son bureau. Par respect pour lui, elle s'était vêtue avec grand soin et portait un tailleur en soie grise de chez Balenciaga. Son entrée dans les bureaux en compagnie de J.P. créa un remous d'intérêt. Lorsqu'elle fut assise en face de lui, de l'autre côté de sa table de travail dans une petite pièce à l'écart, il tira une liasse de papiers d'un tiroir. Pendant qu'il les feuilletait, il se mit à parler.

– Betty me dit que vous vous faites du souci pour l'argent.

Sur un signe affirmatif de Malika, il poursuivit : Si j'ai bien compris, vous n'en avez pas du tout. Est-ce exact?

Elle fouilla dans son sac à main d'où elle sortit un billet de vingt dollars chiffonné que Tex lui avait donné un jour pendant qu'il faisait ses courses.

– C'est tout ce que j'ai, dit-elle, en les lui montrant.

J.P. se racla la gorge.

– Eh bien, je veux que vous cessiez de vous inquiéter. Dès que tous les problèmes seront réglés, vous aurez des revenus réguliers. Entre-temps, je vous ai ouvert un compte-chèques à la banque située au rez-de-chaussée de ce bâtiment.

Il remarqua sur son visage une expression anxieuse.

– L'argent est à vous, s'empressa-t-il d'ajouter. Vous êtes son unique héritière. Une fois acquittés les droits et tout ce qui s'ensuit, il vous restera encore un capital important. Et si vous êtes sage, vous n'y toucherez pas, vous le laisserez en bons du Trésor et en certificats de dépôt. Ainsi, ne vous faites plus de souci.

– Oui, fit-elle, n'ayant rien compris.

– Je ne permettais jamais à Tex de jouer à la bourse, poursuivit J.P. Il n'avait aucun sens des affaires.

Malika fut choquée de l'entendre dénigrer le pauvre Tex de la sorte, mais elle répondit : Je vois.

– Quand nous aurons tout réglé et que les choses tourneront régulièrement, vous aurez, je pense, environ cinquante mille dollars par mois. Peut-être un peu plus.

– Est-ce suffisant, demanda-t-elle, prudente?

Il lui lança un coup d'œil par-dessus ses lunettes.

– Je crois que vous trouverez cela suffisant.

– Je l'espère, dit-elle avec ferveur. Vous savez, je ne comprends pas l'argent. Je n'ai jamais rien acheté toute seule. Combien coûtent les choses? Je n'en sais rien ici, dans mon pays seulement.

– Bien sûr.

J.P. poussa un carnet de chèques dans sa direction.

– Vous comprenez, c'est un compte temporaire que vous pouvez utiliser maintenant, en attendant que les formalités soient terminées. J'espère que vous ne tirerez pas de chèques sans provision. En fait, je suis sûr que vous ne le ferez pas.

Il lui fit un sourire encourageant. Souvenez-vous, poursuivit-il, il n'y a que vingt-cinq mille dollars. Alors soyez sage et surveillez les chèques que vous faites.

– Mais je ne peux pas faire ce que vous me dites, s'exclama-t-elle. S'il vous plaît, faites-le pour moi.

J.P. soupira.

– Savez-vous écrire votre nom? demanda-t-il, d'une voix très calme.

– Tex m'a montré à Lausanne, mais j'ai oublié.

Malgré lui, J.P. leva les bras au ciel.

– Ma chère dame, comment pensez-vous vivre? Vous ne pouvez pas continuer comme cela.

– Non, dit-elle, pitoyable.

J.P. repoussa son siège et se leva.

– Eh bien, dit-il, d'un ton jovial, ce que vous ne savez pas, vous pouvez toujours l'apprendre. Pourquoi ne monteriez vous pas ici tous les matins pour étudier avec Miss Galper? Elle est maligne à souhait. Elle vous enseignera tout ce que vous avez besoin de savoir. Voilà mon conseil.

La violence de sa réaction le surprit. Elle se leva d'un bond et le serra dans ses bras.

– Oh! J.P. c'est ce que je veux! C'est exactement ce que je veux!

# XIX

Le lendemain, Malika déménagea ses bagages dans un hôtel de Berverly Hills. Sur le conseil de J.P., elle garda Salvador à son service; il continuait d'habiter la maison mais n'exerçait plus que la fonction de chauffeur. Tous les matins, il venait la chercher à l'hôtel et la conduisait au bureau de J.P. Elle trouvait cette organisation stimulante.

Miss Galper, agréable jeune femme à lunettes, passait la matinée avec elle à travailler, après quoi elles déjeunaient d'habitude ensemble. Les récits de Malika, ses descriptions de l'Europe et du Maroc fascinaient Miss Galper dont la vie avait été assez terne. Il subsistait cependant un fond de mystère dans son histoire, car elle n'expliquait jamais comment elle s'était trouvée dans l'appartement de Tim à Tanger. Dans sa version, elle aurait pu naître au cours d'un pique-nique sur la plage de Sidi Qacem.

Au bout de deux mois, J.P., constatant que Malika n'avait rien perdu de son sérieux et de sa détermination à poursuivre son instruction pratique, lui suggéra que les leçons aient lieu à son hôtel. C'était maintenant Miss Galper que Salvador accompagnait à Beverly Hills. Parfois il les conduisait à Westwood pour faire des courses, petites expéditions qui enchantaient Malika car, pour la première fois, elle prenait conscience des prix et pouvait évaluer le pouvoir d'achat de son argent. J.P. lui dit qu'avec l'héritage de Tex elle pourrait vivre mieux que la plupart des gens. Sur le moment, elle s'était imaginée qu'il disait cela pour la consoler mais maintenant elle comprenait les prix et s'apercevait qu'il avait dit vrai.

Elle ne dit rien à Miss Galper de son étonnement devant des prix aussi bas. Au lieu de cela, elle la submergeait d'un flot constant de petits cadeaux.

– C'est assez, Malika, vous ne devez pas continuer, lui dit Miss Galper.

Le premier mois, elles n'avaient fait que du calcul; ensuite Malika apprit à lire l'heure, les noms des jours et des mois. Non sans quelque difficulté, Miss Galper lui enseigna à signer les deux formes de son nom : *Malika Hapgood* et *Mrs Charles G. Hapgood.* Au moment où les leçons furent transférées à l'hôtel, les exercices de Malika consistaient à écrire en toutes lettres des sommes compliquées qui lui étaient données en chiffres. Ensuite, elles reprirent les dates et il fallut apprendre à les écrire correctement.

– Vous pouvez confier tout le reste à une secrétaire, lui dit Miss Galper, mais il faut que vous vous occupiez vous-même de votre argent.

Dans ce but, elle fit à Malika un cours complet sur la lecture des relevés bancaires et lui expliqua comment planifier les achats d'obligations pour s'assurer des revenus réguliers.

Mois après mois, Malika découvrait le monde qui l'entourait et elle commença à percevoir l'étendue de son ignorance. Elle conçut une envie passionnée d'être en mesure de lire ce qui était imprimé dans les journaux et les magazines.

– Je ne suis pas professeur d'anglais, lui dit Miss Galper, J.P. ne me paie pas pour cela. Nous pouvons vous trouver un bon professeur quand vous voudrez.

Malika, certaine que seule Miss Galper pouvait l'instruire, demanda l'avis de J.P. Au bout d'un certain temps de discussion, il mit au point un projet qui enchanta Malika et convint également à Miss Galper.

Il allait donner à celle-ci un an de congé avec salaire et Malika pourrait la prendre comme dame de compagnie. Ainsi, fit-il comprendre à Malika, elle pourrait avoir les leçons de lecture qu'elle désirait. Il ajouta que Miss Galper n'était peut-être pas la personne idéale pour les lui donner, mais puisque Malika insistait tellement, cette solution lui paraissait viable.

Ce fut Miss Galper qui eut l'idée d'un voyage en Europe. J.P. leur suggéra d'acheter une grosse voiture, de l'embarquer sur un cargo et d'emmener Salvador avec elles pour récupérer l'auto à leur arrivée et leur servir de chauffeur. Entendant cela, Malika demanda s'ils ne pourraient pas tous voyager sur le bateau avec la voiture. Ce serait peut-être possible, lui répondit J.P.

En définitive, J.P. s'était occupé de fournir à Malika un nouveau passeport, et avait même aidé Miss Galper et Salvador à obtenir le leur plus vite. Accompagné de madame J.P. il leur fit des adieux prolongés sur le quai à San Pedro. Le bateau était un confortable cargo norvégien à destination de l'Europe, via Panama.

Le navire se trouva bientôt dans des eaux tropicales. Malika déclara que dans son idée, on ne devait rencontrer une telle chaleur qu'au Sahara, certainement pas sur la mer.

Elle n'avait rien à faire de la journée. Salvador passait le plus clair de son temps à dormir. Miss Galper lisait, assise sur le pont. Elle avait refusé de donner la moindre leçon à Malika sur le bateau. Cela me donnerait le mal de mer, lui assurait-elle. Mais elle avait remarqué l'ennui de Malika et lui parlait pendant de longs moments.

## XX

Malika ne pouvait rester assise, comme le faisait Miss Galper, à regarder la mer. La monotonie de l'horizon, plat de toutes parts, lui causait le même sentiment d'irréalité qu'elle avait éprouvé dans l'avion avec Tex. Ce fut un soulagement d'arriver à Panama, car il devint clair que le bateau n'était pas resté immobile durant tout ce temps et qu'il avait atteint une région bien différente de leur point de départ.

Le passage du canal prit une journée entière. Malika resta debout sur le pont, répondant par des gestes aux signes des ouvriers qui travaillaient sur les écluses. Mais à partir de Panama, sa nervosité s'accrut de jour en jour. Elle en était réduite, chaque après-midi, à d'interminables parties de dames dans l'étroit salon réservé aux passagers, avec, pour partenaire, un Salvador qui bâillait de plus en plus. Pendant ces séances, ils n'échangeaient pas une parole. Depuis le début du voyage, le capitaine insistait pour que Malika visite la passerelle des officiers. Un jour, Miss Galper avait mentionné qu'il avait le droit de se saisir de n'importe quelle personne à bord de son bâtiment et de la faire enfermer dans une cellule sombre à fond de cale. Lorsque Malika se décida à accepter son invitation, elle se fit accompagner de Miss Galper.

Debout à la proue du navire, Malika contemplait devant elle les remparts blancs de Cadix. Tandis que le navire pénétrait dans le port, elle sut par la lumière, la couleur des murs et les odeurs charriées par le vent, qu'elle retrouvait sa terre natale et qu'elle n'était pas loin de chez elle. Longtemps elle avait refusé de penser à la petite maison au-dessus du ravin. Maintenant qu'elle n'en avait plus peur, elle pouvait se l'imaginer avec un sentiment voisin de l'affection.

Le devoir lui commandait d'aller voir sa mère, sans tenir compte de l'accueil hostile qu'elle lui réserverait sans doute. Elle allait essayer de lui donner de l'argent, certaine qu'elle le refuserait. Mais Malika avait une ruse toute prête : si sa mère repoussait l'argent, elle lui dirait qu'elle allait le laisser chez la voisine, Mina Glagga. Dès que Malika aurait le dos tourné, sa mère irait le réclamer sans perdre de temps.

Miss Galper avait espéré passer la nuit à Cadix, mais Malika était décidée à continuer tout droit sur Algésiras. Depuis qu'elle était si près, elle voulait arriver chez elle le plus vite possible.

– Il faut que je voie ma mère, dit-elle. Je dois la voir, d'abord.

– Bien sûr, répondit Miss Galper. Mais cela fait au moins deux ans que vous ne l'avez pas vue, et elle ne vous attend pas. Alors, un jour plus tôt, un jour plus tard?

– Nous pourrons toujours revenir. Maintenant, il faut que j'aille voir ma mère.

Ce soir-là, à Algésiras, elles aperçurent Salvador qui dînait à l'autre bout de la longue salle à manger de l'hôtel. Il avait changé son uniforme contre un complet de flanelle grise. Après l'avoir observé avec attention, Malika dit : Il boit du vin.

– Demain, il ira bien, lui répondit Miss Galper. Ils boivent toujours, ces Philippins.

Le lendemain matin, Salvador était devant la porte, le sourire aux lèvres, lorsqu'elles sortirent de l'hôtel pour descendre au port. La plupart des passagers pour Tanger étaient des Marocains. Malika avait oublié les regards intenses et éhontés que ses compatriotes jettent sur les femmes. A la fois surexcitée et pleine d'appréhension, elle s'aperçut, étonnée, qu'elle se retrouvait dans son monde, parmi les gens de son espèce.

## XXI

Quand elles se furent installées à l'hôtel, Malika descendit à la réception. Elle espérait aller voir sa mère pendant la soirée, moment où elle était sûre de la trouver chez elle et où il y avait un bon motif pour écourter une visite. Elle avait l'intention de retenir deux chambres à Tétouan, pour elle-même et pour Salvador, et de revenir à Tanger le lendemain matin. En bas, le concierge lui parla d'un nouvel hôtel sur la plage, à un kilomètre ou deux de sa ville natale, et elle lui demanda de téléphoner pour réserver.

La chambre de Miss Galper n'était pas loin de la sienne, au bout du couloir. Malika frappa à la porte et lui dit qu'elle comptait partir vers cinq heures, afin d'arriver avant la nuit.

Miss Galper posa sur elle un regard pénétrant.

– Je suis contente que vous y alliez maintenant et que ce soit fait, lui dit-elle.

– Passez une bonne soirée, lui dit Malika. Il y a des bars ici, pour vous distraire.

– Non, merci. Les hommes, dans ce pays, me donnent la chair de poule. Ils veulent tous vous parler.

Malika haussa les épaules.

– Quelle importance? Vous ne comprenez pas ce qu'ils disent.

Et cela vaut mieux ainsi, pensait-elle. La brutale obscénité des remarques lancées sur le passage des femmes dans la rue l'emplissait de dégoût et de colère. Miss Galper avait bien de la chance de ne pas comprendre l'arabe.

Malika lui fit des adieux hâtifs et se dépêcha de regagner sa chambre. La perspective de revoir sa mère l'avait mise mal à l'aise. Machinalement, elle emballa quelques vêtements dans un sac pour la nuit. En sortant, elle passa au bureau pour changer des chèques de voyage, et bientôt, Salvador et elle roulaient en direction de Tétouan.

Des bancs de brume blanche s'étiraient au sommet des montagnes, telles des franges qui flottent au vent. Salvador pestait contre l'étroitesse de la route. Malika entendait à peine ses récriminations. Son cœur battait plus fort qu'à l'ordinaire. Il était vrai qu'elle rentrait pour aider sa mère; cela faisait partie du schéma. Depuis le jour où elle s'était enfuie, la vision d'un retour triomphant ne l'avait pas quittée, preuve irréfutable de l'erreur de sa mère : sa fille ne ressemblait pas aux autres filles de la ville. Maintenant que le moment approchait, elle se disait que cette visite était vouée à l'échec. Sa mère n'aurait aucun plaisir à la revoir – rien que de l'amertume, de la rancœur à l'idée que sa fille avait vécu avec des nazaréens.

Salvador dit : A Pilipinas nous avons de meilleures routes que celles-ci.

– Ne conduisez pas trop vite, lui dit-elle.

Ils contournèrent Tétouan et prirent sur leur gauche la route qui menait à son bourg natal. Le vent de la mer entrait par rafales dans la voiture. Bismil'lah, murmura-t-elle tout bas, car elle abordait l'étape cruciale de son voyage.

Elle ne s'aperçut même pas qu'ils avaient atteint la ville, jusqu'à ce qu'ils se trouvent dans la rue principale. Tout était changé. Il y avait de grands bâtiments nouveaux et des lumières partout. L'idée que la ville ait pu se modifier durant son absence ne lui avait pas traversé l'esprit; elle-même pouvait changer, mais le décor devait rester immuable, afin de l'aider à mesurer l'ampleur de son évolution.

Un instant après, ils arrivèrent à l'hôtel tout neuf qui s'étalait le long de la plage dans la lumière verte et brutale des projecteurs.

## XXII

Malika ne fut pas longue à découvrir que ce n'était pas un véritable hôtel. On ne servait pas dans les chambres et la salle à manger n'offrait que des sandwichs et quelques plats sommaires. Avant d'aller dîner, elle passa un blue-jean, acheté à Los Angeles sur le conseil de Miss Galper. Avec un chandail et un foulard de soie serré autour de la tête, elle se sentit parfaitement anonyme.

Salvador était déjà installé au bar dans le comedor et avait commencé son repas. Elle se glissa sur un tabouret voisin et commanda des pinchitos. Son estomac se révoltait à l'idée de manger mais elle mâchait sa viande et l'avalait parce qu'elle avait appris qu'afin d'être en forme il lui fallait des repas réguliers. Derrière les sons braillards de la radio au bout du comptoir, elle entendait le bruit mat et répété des vagues qui se brisaient sur le sable au-dessous. Si sa mère se mettait en fureur et commençait à la frapper, elle irait aussitôt chez Mina Glagga pour lui remettre l'argent, et l'affaire serait terminée. Elle signa l'addition et sortit dans le vent pour regagner la voiture.

L'aspect nouveau de sa ville lui brouilla les idées. On avait déplacé le marché; elle ne le trouvait nulle part et sentit monter en elle un grand courant d'indignation devant cette trahison. Salvador stationna la voiture près du poste d'essence et ils s'engagèrent à pied dans la rue étroite qui menait à la maison. Les réverbères n'éclairaient que la première partie de la ruelle. Seule la lune permettait d'y voir un peu sur le restant du parcours. Salvador regarda en avant et dit qu'il vaudrait mieux s'en retourner et revenir le lendemain matin.

– Attendez-moi ici, dit Malika d'un ton ferme. Je reviendrai aussi vite que possible. Je connais le chemin. Et elle partit en pressant le pas, avant qu'il ait eu le temps de discuter.

Elle avança le long de la rue déserte sous l'éclairage diffus de la lune jusqu'à une petite place en équerre, d'où l'on apercevait – du moins pendant la journée – la maison de sa mère au bord du ravin. Mais maintenant, elle avait beau chercher, les rayons de la lune ne semblaient pas l'atteindre et elle ne parvenait pas à la distinguer. Elle reprit sa route en se dépêchant, déjà envahie par une intuition de cauchemar. Puis elle s'arrêta net, sans pouvoir y croire, bouche bée. La maison n'y était plus. Même le terrain sur lequel elle se dressait autrefois avait disparu. La maison de Mina Glagga et toutes les autres petites demeures au bord du vallon avaient disparu de même. Les bulldozers avaient créé un paysage nouveau et désert, un immense remblai de terre, de cendres et de détritus qui s'étirait jusqu'au bas du ravin. La petite maison entourée de son jardin avait occupé un emplacement au pied de l'endroit où Malika se tenait maintenant. Elle sentit sa gorge se serrer en un pincement douloureux tandis qu'elle se répétait que tout cela avait cessé d'exister.

Lassée enfin de contempler cet environnement vide de sens, elle se dirigea vers la petite place et frappa à la porte d'une des maisons. Elle reconnut, dans la femme qui lui ouvrit la porte, une amie de sa mère dont elle avait oublié le nom. La femme jeta un regard désapprobateur sur le blue-jean de Malika et la laissa sur le seuil, sans lui demander d'entrer. Elles parlèrent debout dans l'encadrement de la porte. D'une voix neutre, la femme lui dit que sa mère était morte plus d'un an auparavant, pendant le ramadan. C'est une chance, ajouta-t-elle qu'elle n'ait pas vécu, pour voir sa maison détruite, sacrifiée à la construction d'une nouvelle route. La femme croyait que la sœur de Malika était partie vivre à Casablanca, mais elle n'en était pas sûre.

Elle avait fini par pousser la porte, de sorte qu'elle était presque refermée. Malika la remercia et lui dit bonsoir.

Elle fit quelques pas jusqu'au bord du ravin, d'où elle plongea le regard sur la pente uniforme et d'aspect irréel, même sous l'éclairage pointilleux de la lune. Il lui fallut serrer les paupières avec force pour évacuer les larmes qui ne cessaient de lui monter aux yeux. D'abord, elle en fut étonnée, car elle n'avait pas eu de tendresse pour sa mère. Ensuite, elle vit plus clair. Ce n'était pas sur sa mère qu'elle pleurait mais sur elle-même. Il n'y avait plus aucune raison de faire quoi que ce soit.

Elle laissa son regard errer sur le paysage imprécis, en direction des montagnes au loin. Il serait bon de périr ici, dans l'endroit où elle avait vécu, d'être ensevelie avec les décombres de la maison sous cette colline détestable. Elle frappa du talon sur le bord du talus, perdit l'équilibre et glissa quelques mètres à travers des monceaux de cendre et d'ordures pourrissantes.

A ce moment-là, elle eut la certitude que cela était arrivé, qu'elle était punie pour avoir souhaité la mort un instant auparavant; son poids avait provoqué un éboulis qui allait la rouler vers le fond où elle resterait enfouie sous des tonnes de détritus. Terrorisée, elle demeura immobile, l'oreille tendue. Elle perçut de faibles remous et quelques tintements, mais bientôt ces sons se fondirent dans le silence. Elle remonta, s'aidant des pieds et des mains, jusqu'à la route.

Un nuage entamait la face de la lune. Malika descendit en pressant le pas, vers le réverbère où Salvador attendait.

# MEJDOUB

UN type qui dormait la nuit dans des cafés, sous des arbres ou dans n'importe quel lieu où il se trouvait quand il avait sommeil, errait un matin dans les rues de la ville. Il arriva sur la place du marché où un vieux mejdoub en haillons cabriolait sous les yeux de la foule, tout en vaticinant à tue-tête. Il resta à observer, jusqu'à ce que le vieux ait terminé et ramassé toutes les oboles. Il fut étonné de voir combien d'argent ce fou avait récolté et, comme il n'avait rien à faire, il décida de le suivre.

Avant même d'être sorti du marché, il s'aperçut que les gamins quittaient les arcades en courant, pour venir trottiner aux côtés du mejdoub. Celui-ci continuait d'avancer à grandes enjambées, en psalmodiant et en agitant son bâton de mendiant, tout en menaçant parfois ceux des gamins qui s'étaient trop rapprochés. Il marchait à une certaine distance derrière le vieil homme et il le vit entrer dans plusieurs boutiques. Chaque fois, quand il ressortait, le mendiant tenait à la main un billet de banque, qu'il remettait aussitôt à l'un ou l'autre des petits garçons.

Il comprit qu'il pourrait beaucoup apprendre de ce mejdoub. Il lui suffirait d'observer son comportement et de l'écouter avec soin. Ensuite, en s'exerçant, il deviendrait capable d'exécuter les mêmes gestes et de crier les mêmes mots. Il se mit à chercher le mejdoub chaque jour et à le suivre partout. Au bout d'un mois, il se sentit prêt à mettre en pratique ce qu'il avait appris.

Il partit pour une ville, plus au sud, où il n'était jamais allé auparavant. Là, il s'installa dans une chambre très bon marché, située près des abattoirs, loin du centre de la ville. Au marché aux puces, il acheta une vieille djellaba, tout effilochée. Puis il alla dans le quartier des forgerons où il commanda un long bourdon de pèlerin comme celui du mejdoub et attendit pendant qu'on le lui façonnait.

Le lendemain, après s'être exercé un moment, il s'aventura dans la ville et s'assit en pleine rue, au pied de la plus grande mosquée. Pendant un certain temps, il resta simplement assis, et regarda s'écouler le flot des passants. Puis il entreprit de lever les bras au ciel et de faire quelques gestes. Personne ne lui prêtait la moindre attention, ce qui le rassura sur la qualité de son déguisement. Lorsqu'il se mit à vociférer, les passants tournèrent la tête vers lui, mais c'était comme s'ils ne le voyaient pas et qu'ils voulaient seulement entendre ce qu'il allait leur dire. D'abord il déclama de courts passages du Coran; il roulait des yeux et laissa son turban glisser sur son visage. Après avoir crié les mots « feu » et « sang » à plusieurs reprises, il abaissa les bras, inclina la tête et ne dit plus rien. Alors, les gens reprirent leur chemin, mais la plupart lui jetèrent des piécettes avant de s'en aller.

Les jours suivants, il tenta sa chance dans d'autres points de la ville. D'un endroit à l'autre, il ne remarqua aucune différence. La générosité des gens était toujours la même. Il voulait éviter d'entrer dans les boutiques et les cafés avant d'être bien sûr que la ville s'était habituée à sa présence. Un jour, il passa en trombe dans les rues, agitant son bâton contre le ciel et hurlant, afin de se donner un nom que les passants puissent se rappeler :

– Sidi Rahal est arrivé! Sidi Rahal vous dit de vous préparer. Bientôt, le feu!

Il commença à se tenir dans les portes des magasins. S'il entendait prononcer le nom de Sidi Rahal à l'intérieur, il entrait, ses yeux lançant des éclairs, et tendait la main vers le propriétaire, sans dire un mot. Dès qu'on lui avait donné de l'argent, il pivotait sur les talons et ressortait.

Sans qu'il puisse se l'expliquer, les enfants ne le suivaient pas. Il eût préféré en avoir toute une troupe dans son sillage, comme le vieux mejdoub, mais dès qu'il leur adressait la parole, ils prenaient peur et s'enfuyaient. Comme cela, j'ai la paix, se disait-il; mais secrètement, il en était inquiet. Il gagnait plus qu'il n'aurait cru possible et, quand vinrent les pluies, il avait économisé une grosse somme. Il laissa son bourdon et sa vieille djellaba dans la chambre près des abattoirs, paya plusieurs mois de loyer d'avance, attendit la nuit, ferma la porte à clef derrière lui et prit un car pour la ville d'où il venait.

D'abord, il s'acheta de nombreux habits. Quand il fut richement vêtu, il sortit et se mit à la recherche d'un logement. Bientôt, il trouva une maison qui lui convenait. Elle n'était pas trop grande et il lui restait assez d'argent pour la payer. Il meubla deux pièces et projeta de passer l'hiver à manger et à fumer du kif avec ses vieux amis.

Quand ils lui demandèrent où il avait disparu pendant l'été, il parla de l'hospitalité et de la richesse de son frère près de Taza. Il était déjà impatient de voir les pluies cesser. Car il aimait sincèrement son nouvel emploi.

A la longue, l'hiver prit fin. Il emballa et raconta à ses amis qu'il partait pour un voyage d'affaires. Dans l'autre ville, il retrouva sa chambre, sa djellaba et son bourdon.

Cette année-là, les gens furent encore plus nombreux à le reconnaître. Il s'enhardit et se mit à pénétrer dans les boutiques sans attendre dans la porte. Les propriétaires, ravis de montrer leur piété devant les clients, lui donnaient toujours beaucoup plus que de simples passants.

Un jour, il décida de mettre son prestige à l'épreuve. Il héla un taxi. En montant il cria d'une voix de stentor :

– Il faut que j'aille au tombeau de Sidi Larbi. Vite!

Le chauffeur, qui savait bien qu'on ne le payerait pas, acquiesça tout de même, et les voilà qui prennent la route en direction d'une oliveraie, située sur une colline fort éloignée de la ville.

Il dit au chauffeur d'attendre et sauta à bas du taxi. Puis il commença à gravir le sentier qui menait au tombeau. Le chauffeur perdit patience et l'abandonna. Sur le chemin du retour, la voiture quitta la route dans un virage et s'écrasa contre un arbre. Quand le conducteur sortit de l'hôpital, il répandit le bruit que Sidi Rahal avait causé l'accident. Les habitants de la ville commentèrent l'événement en détail, et ils se rappelèrent au cours de leurs conversations, d'autres fous sacrés qui avaient jeté un sort sur des moteurs ou des freins. Chacun avait aux lèvres le nom de Sidi Rahal et les gens écoutaient ses divagations avec respect.

Cet été-là, il amassa encore plus d'argent. Il revint chez lui et acheta une autre maison, plus grande, tout en gardant celle de l'année précédente, qu'il donna en location. Tous les ans, il achetait des maisons et des terres, de sorte qu'à la fin, il faisait figure de riche propriétaire.

Dès les premières pluies, il annonçait toujours à ses amis qu'il se préparait à partir en voyage. Ensuite, il s'en allait en secret, sans jamais permettre à quiconque de l'accompagner au départ. Il était enchanté de la manière dont s'organisait sa vie, et reconnaissant à la chance qui lui avait permis de continuer sur cette voie. Il ne cherchait pas à savoir si Allah aurait pu lui reprocher de se faire passer pour un de Ses fous sacrés. A son idée, l'argent n'était que la récompense des occasions qu'il offrait aux gens d'exercer leur charité.

Un hiver, un nouveau gouvernement vint au pouvoir et décréta qu'on allait débarrasser les rues des mendiants. Il en discuta avec ses amis, qui trouvaient tous cette mesure excellente. Avec eux, il en convint; mais l'idée l'empêchait de dormir. Tout risquer, simplement pour satisfaire son envie de retourner, lui parut impossible. Le cœur lourd, il se résigna à passer l'été chez lui.

Après quelques semaines de printemps, il sentit croître en lui la nostalgie de ces départs : la mise en route par une belle nuit étoilée, le voyage en bus vers l'autre ville et le soulagement, chaque fois qu'il pouvait tout oublier et vivre dans la peau de Sidi Rahal. Il commençait à comprendre que le plaisir de sa vie ici n'existait qu'en prévision du jour où il allait partir pour cette autre vie qui l'attendait là-bas.

A mesure que la chaleur devenait plus intense, la nervosité et l'agitation le gagnaient. Il s'ennuyait et perdit l'appétit. Ses amis, le trouvant changé, lui conseillèrent de voyager comme il l'avait toujours fait. Ils disaient qu'on pouvait mourir d'un simple changement d'habitudes. A nouveau, il passa des nuits blanches, à s'inquiéter. Puis, il décida en secret de repartir. Aussitôt, il se sentit mieux. C'était comme s'il s'éveillait soudain d'un long sommeil. Il prévint ses amis qu'il allait repartir en voyage.

Le soir même, il ferma la maison et monta dans le car. Le lendemain, il arpentait joyeusement les rues en direction de l'endroit où il aimait le mieux s'asseoir, devant la mosquée. Les passants le regardaient et disaient : En fin de compte, il est revenu. Vous voyez?

Il resta assis, tranquille, toute la journée. Vers la fin de l'après-midi, comme il faisait chaud, il descendit à la rivière, se baigner. Pendant qu'il se déshabillait derrière une touffe de lauriers-roses, il leva les yeux et vit trois policiers qui avançaient vers lui, le long de la berge. Sans attendre, il saisit ses babouches, jeta sa djellaba par-dessus l'épaule et se mit à courir.

Il trébuchait dans l'eau; glissait sur la boue, tombait. Derrière lui, il entendait les cris des policiers. Ils riaient et ne le poursuivirent pas loin. Mais lui ne s'en était pas aperçu; il prolongea sa course au bord de la rivière, jusqu'à ce qu'il soit essoufflé. Alors, il s'arrêta et remit sa djellaba et ses babouches. Mais il pensait : je ne peux retourner ni dans cette ville ni dans aucune autre, avec ces vêtements.

Il reprit son chemin, mais en ralentissant l'allure. A la tombée de la nuit, il avait faim, mais il ne trouva pas de gens, ni de maison. Il dormit sous un arbre, avec la vieille djellaba trouée pour seule couverture.

Le lendemain, affamé, il se leva, se lava à la rivière et se remit en route. Toute la journée, il chemina sous un ardent soleil. Avant le crépuscule, il s'assit pour se reposer. Il but un peu à la rivière et examina le paysage. Derrière lui, sur une colline, il y avait un mausolée en mauvais état.

Quand il se fut reposé, il grimpa jusqu'au bâtiment.

A l'intérieur, il y avait un tombeau, au milieu de la grande pièce surmontée d'une coupole. Il s'assit et tendit l'oreille. Des coqs chantaient; parfois des chiens aboyaient. Il s'imagina, courant au village et criant au premier passant qu'il rencontrerait : Donnez-moi un morceau de pain, pour l'amour de Moulay Abdelkader!

Il ferma les yeux.

Au moment où il s'éveilla, le jour était presque fini. Derrière la porte, un groupe de gamins l'observaient. En le voyant s'étirer, ils se mirent à rire en se poussant du coude. Puis, un des garçonnets lui lança une croûte de pain. Bientôt, ils criaient tous en chœur : Il mange le pain! Il mange du pain!

Ils poursuivirent leur jeu un moment; aux bribes de pain rassis, ils ajoutaient des poignées de terre, et même des plantes arrachées. Dans leurs yeux, il lisait tour à tour l'incompréhension, une malveillance pleine de malice et le mépris. Derrière ces réactions passagères, il déchiffrait une constante : le goût et la certitude rayonnante de posséder. Il pensa au vieux mejdoub et frissonna. Soudain, les enfants disparurent. Il entendit quelques cris aigus, dans le lointain, pendant qu'ils regagnaient le village en courant.

Le pain ne l'avait guère nourri. Il dormit sur place; avant l'aube, il repartit le long de la rivière, en remerciant Allah de lui avoir permis de dépasser le village sans être vu. Il comprit qu'auparavant, les enfants le fuyaient parce qu'ils sentaient qu'il n'était pas mûr pour eux, qu'ils ne pouvaient pas faire de lui leur chose. Plus il retournait cette idée dans sa tête, plus il souhaitait avec ferveur de ne jamais connaître la vie d'un vrai mejdoub.

L'après-midi, à un tournant de la rivière, il se trouva tout à coup devant une ville. Le besoin désespéré de se nourrir le conduisit tout droit au marché, malgré les regards étonnés des gens. Il entra dans une échoppe et commanda un bol de soupe. Quand il l'eut fini, il paya et passa ailleurs pour manger un ragoût. Dans une troisième boutique, il prit des brochettes. Puis il marcha jusqu'au marché au pain pour y acheter deux miches à emporter. Au moment où il payait, un policier lui tapa sur l'épaule et demanda à voir ses papiers. Il n'en avait pas et ne put fournir aucune explication. Au commissariat, on l'enferma dans une petite pièce nauséabonde, dans la cave. Dans cette cellule, il passa quatre jours et quatre nuits d'angoisse. Quand on le tira de là pour l'interroger, il ne put se résoudre à révéler la vérité. Il fronça les sourcils en disant : Je suis Sidi Rahal.

Ils lui lièrent les mains et le firent monter à l'arrière d'un camion. Plus tard, à l'hôpital, on le mena à une cellule humide dont les occupants secoués de frissons poussaient des cris, l'œil égaré. Il supporta cela pendant huit jours, puis il décida de donner son vrai nom aux autorités. Mais quand il demanda à leur être présenté, les gardiens se contentèrent de rire. Parfois, ils lui disaient : la semaine prochaine. Mais en général, ils ne répondaient pas du tout.

Les mois ont passé. Il vivait aux côtés des autres fous, la nuit, le jour, encore la nuit; au bout d'un temps, cela ne lui importait plus beaucoup d'atteindre les autorités pour leur dire qui il était. Enfin, il cessa d'y penser.

# RENVOYÉ !

S'IL avait perdu son emploi, ce n'était pas de sa faute, disait Abdelkrim à ses amis. Il avait travaillé chez Patricia plus d'un an et demi, et il n'y avait jamais eu de problème grave. Si elle lui faisait parfois des reproches, c'était dans l'ordre des choses, les nazaréens trouvent toujours à redire au travail des musulmans, il en avait l'habitude. A ces occasions, elle avait beau le considérer d'un air sévère, comme s'il n'était qu'un enfant, elle faisait ses observations d'une voix plus douce que la plupart des nazaréens. Le travail était facile, mais il exigeait une présence constante. Sauf permission spéciale, pour aller au cinéma ou s'asseoir une heure ou deux au café, Abdelkrim était obligé de rester à la disposition de sa patronne. Patricia se contentait de prendre des taxis et ne possédait pas de voiture; il vivait donc à son aise dans le garage, où il préparait lui-même ses repas et écoutait la radio.

Patricia était venue de Californie, il y a quelques années, et s'était acheté une maison. Ce n'était pas précisément une jeune fille, elle avait déjà eu trois maris, mais elle avait l'air d'une jeune fille, et se conduisait, disait Abdelkrim à ses amis, comme une vierge inquiète qui commence à craindre de ne pas trouver de mari. Je vous jure, disait-il, on croirait qu'elle n'a jamais eu d'homme.

Elle portait des vêtements bizarres, et des kilos de bijoux qui tintaient; ce n'était que de l'argent ou du cuivre, disait-il à ses amis, jamais de l'or. Même ses longues boucles d'oreilles cliquetaient constamment. Abdelkrim la considérait comme une fille sympathique, mais plus folle encore que les autres nazaréens. Il fallait que le feu flambe dans la cheminée, même par temps doux. Elle ne manquait pas de lampes électriques, pourtant elle allumait toujours des bougies; selon elle, l'électricité donnait une lumière morte. La maison regorgeait de peaux de zèbre ou de léopard, et il y avait un assortiment de têtes africaines en bois sculpté, qu'elle prétendait être des dieux. Mais Abdelkrim voyait bien qu'il s'agissait de diables; jamais il ne les regardait en face.

La mère de Patricia séjournait chez elle depuis six mois, quand on l'avait renvoyé. C'était une petite femme nerveuse avec des yeux noirs exorbités. Au cours de ses fréquentes disputes avec Patricia, elle hurlait et parfois, elle pleurait; pour Abdelkrim, c'était sa mère qui avait rendu Patricia folle.

Le travail d'Abdelkrim était de trois sortes. Le matin, il devait faire trois kilomètres à pied jusqu'au marché, en ville, acheter la nourriture pour la journée et la rapporter. L'après-midi, il entretenait le jardin et le soir, il faisait office de gardien. Patricia avait posé ses conditions dès le début et il avait accepté. Depuis, il ne s'était jamais absenté une seule heure sans permission.

Ce n'était pas un jardin agréable pour passer l'après-midi, quand il faisait chaud. Comme la maison était neuve, il n'y avait pas un seul arbre ou buisson assez grand pour donner de l'ombre. Travailler au soleil ne gênait pas Abdelkrim, mais il aimait se reposer assez souvent en fumant une pipe de kif et pour en tirer le plus possible de plaisir et de détente, il lui fallait être assis dans un endroit bien ombragé. Quinze ans auparavant, quand il n'était qu'un gamin, il connaissait des coins pour jouer avec ses copains, à l'ombre. Il conservait le souvenir très net des bois de pins du côté des Moudjahidin, des plantations d'eucalyptus qui couvraient la colline d'Aïn Chqaf, et des longs tunnels d'ombre que les garçons se taillaient dans la jungle inextricable de vignes sauvages et de ronces, à côté de chez lui. Tout cela avait disparu; des villas neuves s'étalaient sur tout le paysage.

Il restait, cependant, un endroit où il pouvait encore trouver le genre d'ombrage qu'il appréciait tant dans son enfance. De chez Patricia, en une demi-heure de promenade, il longeait le cimetière, passait à travers champs, descendait dans la vallée de Boubana et débouchait sur le club du golf, niché dans une oasis de verdure. Derrière le pavillon du club, subsistait une langue de la forêt d'autrefois, coupée par un ruisseau qui y déroulait sans bruit ses méandres paresseux. Le plus souvent, le golf était désert, Abdelkrim pouvait traverser en courant, sans grand risque d'être aperçu; ensuite, il suivait le ruisseau jusqu'à la forêt. En arrivant sous les grands arbres, il avait l'impression de pénétrer dans un bâtiment immense et silencieux. La végétation barrait le chemin aux cris des cigales, comme aux rayons du soleil. A l'intérieur, il n'entendait plus que la rumeur des feuilles dans les branches les plus élevées, une sorte de gargouillis éloigné et doux, la musique idéale pour une chaude après-midi d'été...

Un certain vendredi, Abdelkrim demanda la permission de sortir le lendemain, jour de fête nationale. Sans lui répondre, Patricia passa dans la pièce voisine, où il l'entendit discuter avec sa mère. En revenant, elle lui dit qu'elles avaient prévu un pique-nique avec des amis américains, mais qu'elles pourraient facilement s'organiser pour y aller le dimanche.

Arriva le samedi, dans la chaleur, sans la moindre brise. Il devait y avoir un défilé, les amis d'Abdelkrim étaient descendus en ville pour y assister. Quand Abdelkrim eut fait les courses, il laissa les provisions dans la cuisine et regagna paisiblement sa chambre dans le garage. Là, il remplit un petit sac de pain, de thon, d'olives et de tout ce dont il avait besoin pour passer une agréable après-midi; puis il franchit la grille, en route pour Boubana. Il n'eût sans doute pas entrepris la longue promenade dans la canicule (car il faisait une chaleur anormale), s'il avait pu disposer dans le jardin d'un coin protégé où s'asseoir à l'abri des regards, pour fumer son kif et boire son thé à l'ombre. Le soleil est un poison, pensait-il, tout en cheminant.

Au moment de s'engager dans la forêt, il avait déjà faim. Près d'un sentier qui serpentait dans les fourrés, il trouva un grand rocher bien plat sur lequel il déballa son déjeuner. Il mangea sans se presser. J'ai bien fait de venir ici, pensait-il, au lieu d'aller traîner sur le boulevard, au soleil, avec cinquante mille autres personnes, pour attendre le passage de quelques malheureux chars de carnaval. Il fuma deux ou trois pipes de kif, puis il posa le sebsi à côté de lui sur le rocher. Il bâilla, se pencha en arrière en s'étirant. Tout d'un coup, il perçut un branle-bas dans les fourrés, de l'autre côté de la petite rivière. Des grognements, des geignements et des soupirs, suivis d'un bruit sourd et mat, le choc d'un objet lourd sur le sol. Il s'immobilisa un instant, puis se jeta de tout son long, à plat ventre contre la terre.

Les bruits se rapprochèrent. Il releva la tête et vit à peu de distance cinq hommes qui transportaient en trébuchant le long du sentier, un gros objet noir en forme de cube. Un instant encore, et il comprit que cet objet, si lourd qu'ils le soulevaient à peine, ne pouvait être qu'un coffre-fort. Ils le lâchèrent dans un fourré en faisant craquer les brindilles. A la hâte, ils arrachèrent des plantes et réunirent des brassées de feuilles qu'ils entassèrent pour cacher toute trace du coffre.

Avec de grandes précautions, Abdelkrim rampa dans la direction opposée, toujours à plat ventre. Du bois sec craqua sur son passage. Les bruits derrière lui s'arrêtèrent. Une voix prononça : Il y a quelqu'un.

Alors, Abdelkrim se releva du mieux qu'il put et se mit à courir, affolé. Puis il commit l'erreur de se retourner. Les cinq hommes étaient là, ils le suivaient des yeux. Et voilà qu'il reconnut l'un d'eux, qui, à son tour, le reconnut.

Il sortit du bois en courant, essoufflé, traversa un pré et s'engagea dans une allée bordée d'épineux. Trois paysans allongés sous un arbre, le considérèrent, étonnés. Il ralentit et quand il se fut suffisamment éloigné, il retira sa chemise trempée de sueur. Il se pouvait que la police vienne interroger ces paysans.

A présent, il était sûr que personne ne le suivait. Il retrouva la route goudronnée où passaient quelques voitures et là, il respira plus librement.

Ce qu'il avait aperçu pendant le bref instant où il avait interrompu sa course pour regarder en arrière, c'était le visage brutal d'Aziz, le serveur du bar, au club de golf. Tout le monde le craignait, personne ne l'aimait, mais le directeur le gardait, parce qu'un seul coup de son énorme poing sur le crâne d'un client difficile mettait aussitôt le trublion au tapis. On disait d'Aziz (et ce n'était qu'à moitié en blaguant) :

Si jamais on le voit faire sa prière, c'est qu'il vient de tuer quelqu'un.

Au cas où les paysans iraient raconter qu'ils avaient vu un jeune homme passer en courant dans l'allée, les policiers le retrouveraient et l'interrogeraient; quoi qu'il puisse leur dire alors, si Aziz se faisait prendre, il resterait convaincu qu'Abdelkrim l'avait trahi.

Quand il eut franchi le pont et commencé de grimper la colline, la chaleur s'accrut encore. Il en savait assez long sur le caractère d'Aziz pour comprendre qu'en cette situation, ce qu'il avait de mieux à faire était de quitter Tanger au plus vite. Son frère Mustapha lui offrirait volontiers l'hospitalité. Agadir, c'est loin, pensait-il, mais une fois arrivé, il n'y aura plus aucune dépense.

Il marcha jusqu'à la maison avec le soleil qui lui tapait sur les épaules. Dans le garage, il se jeta sur son matelas, et réfléchit à ses malheurs. Son kif, sa pipe, tout ce qu'il avait emporté était resté là-bas, abandonné sur le rocher.

Il prendrait le car de nuit pour Casablanca, celui qui partait de la plage à onze heures et demie. Patricia et sa mère ne devaient rien soupçonner; son principal souci était de sortir du garage et de franchir la grille d'entrée sans éveiller leur attention, car, la nuit, près de la maison, il n'y avait d'autre bruit que le chant des grillons. Si l'une d'elles entendait la grille se refermer tout doucement au moment où il s'évadait du jardin, il savait qu'elles se précipiteraient derrière lui en robe de chambre et le suivraient dans la rue en hurlant.

Bientôt, Patricia frappa à la porte, l'interrompant dans ses réflexions. J'ai bien cru que je t'avais entendu rentrer, dit-elle, avec satisfaction. Comme il craignait qu'elle ne lise le trouble sur son visage, il s'efforça de sourire. Mais elle ne remarqua rien, parce qu'elle avait autre chose à ajouter : Monsieur et madame Lemoine les avaient invitées à une fête de musique jilala à sept heures et demie; Abdelkrim pourrait les y accompagner et rester une demi-heure, s'il voulait. La fête avait lieu chez Hadj Larbi, ce n'était pas loin, il pourrait rentrer à pied avant la nuit.

Abdelkrim hocha la tête avec enthousiasme, le visage animé d'une satisfaction sincère. La solution de son problème était là, toute trouvée.

Comme il ne redoutait plus la tombée de la nuit, il se mit à l'attendre avec impatience. Sa valise était prête, il la dissimula dans un coin sombre du garage. A sept heures et demie précises, monsieur Lemoine s'arrêta devant la grille en klaxonnant; madame Lemoine était assise bien droite à ses côtés. Patricia, parée comme une châsse, ployant sous le poids des chaînes et des médaillons, courut à la voiture et se pencha pour parler à madame Lemoine. De temps à autre, elle relevait la tête et criait : Maman!

Abdelkrim entendait la mère qui grommelait dans sa chambre, tandis qu'elle finissait de se préparer. Enfin, elle apparut, l'air encore plus irritable que d'habitude. Il s'assit sur le siège arrière, entre les deux femmes.

Une haie de cyprès bordait le jardin de Hadj Larbi et se profilait en noir, contre le ciel lumineux du couchant. A leur arrivée, un des fils de Hadj Larbi s'avança vers Abdelkrim qu'il connaissait un peu, et l'accompagna vers la partie de la cour réservée aux musiciens.

– Nous faisons venir les Jilala pour mon oncle tous les ans pendant le smayyim lui dit-il.

Abdelkrim s'assit sur une natte, à côté du moqqadem. Un vieillard vêtu d'une djellaba blanche sortit de la maison et s'avança, face aux musiciens. Les tambours entamèrent un rythme lent; le vieux se pencha en avant et commença à marquer la mesure en traînant les pieds sur les pavés. Tandis que les tambours accéléraient leurs battements, ses pieds cessaient de frotter contre le sol, ses jambes semblaient mues par un ressort interne. Un homme placé derrière lui le retenait par un bout de sa longue ceinture. Ses yeux ne quittaient pas le feu; il semblait sur le point de s'y précipiter. La musique augmentait de volume, les musiciens commençaient à taper contre le sol avec le rebord de leur bendir tandis qu'une frénésie grandissante s'emparait du vieil homme. Son visage changeait tout le temps d'expression, ses traits étaient déformés, comme par un déferlement de vagues. Il approchait de la présence du saint qui devait l'emmener hors du monde visible, dans un lieu où son âme allait être purifiée.

Lorsque enfin, il bascula et s'écroula sur le sol, un groupe d'hommes accoururent, comme s'ils s'y étaient préparés, afin de le tenir à l'écart des flammes. Ils se pressaient autour de lui, posaient leurs mains sur son front; enfin ils l'enveloppèrent dans une couverture; le soulevèrent délicatement et l'emportèrent loin des regards.

Derrière le mur du riad, Abdelkrim voyait le feuillage sombre des cyprès, comme des obélisques dressés dans le ciel. S'il avait voulu, lui, invoquer Sidi Maïmoun ou Sidi Rahal, il était sûr que ceux-ci ne lui auraient accordé aucune attention; c'était fini, les jeunes gens ne devaient plus s'attendre à entrer en contact avec les saints. Il regagna discrètement le jardin, dit bonsoir au domestique qui se tenait à la porte et se mit en route.

Il prit sa valise dans le garage, ferma la grille à clef derrière lui et partit vers le terminus des cars près de la plage, en tâchant de ne pas penser à ce qui allait se produire le lendemain, lorsqu'on s'apercevrait qu'il avait disparu. Il attendit près de trois heures que le car ouvre ses portes et laisse monter les passagers.

Au bout de deux mois, il reçut des nouvelles dignes de confiance : on avait arrêté Aziz et ses complices dès le lendemain de leur vol, dans le bois, pendant qu'ils s'évertuaient à ouvrir le coffre en tapant dessus à coups de marteau. Il rentra aussitôt à Tanger et monta tout droit à la maison de Patricia. Mais une domestique inconnue vint le prévenir que Patricia refusait de le recevoir.

La servante avait l'air de vouloir s'excuser; d'un ton amical, elle ajouta : la vieille et la jeune, elles disent toutes les deux qu'elles ne te pardonneront jamais. Cette idée, apparemment comique, la fit rire.

Abdelkrim se tourna vers le jardin, qu'il contempla avec mépris. Autant pour lui-même que pour elle, il murmura :

– Un seul vrai arbre, et tout se serait passé autrement.

Mais elle n'avait pas entendu, ou pas compris, car elle souriait toujours.

Non, elles ne veulent pas te voir, répéta-t-elle.

# ALLAL

Il était né dans l'hôtel où travaillait sa mère. Cet hôtel n'avait que trois chambres sombres qui donnaient sur une cour derrière le bar. Plus loin se trouvait une deuxième cour plus petite, sur laquelle ouvraient plusieurs portes. C'est là que vivaient les domestiques et qu'Allal passa son enfance.

Le patron, un Grec, avait renvoyé la mère d'Allal, outré de l'audace de son employée : cette gamine à peine âgée de quatorze ans, avait osé accoucher, alors qu'elle travaillait pour lui! Elle refusait de révéler le nom du père, et le Grec enrageait à l'idée qu'il n'avait pas su profiter lui-même de l'occasion, quand c'était possible.

Il lui avait donné trois mois de salaire et ordonné de rentrer chez elle à Marrakech. Mais le cuisinier et sa femme, qui aimaient bien la jeune fille, lui offrirent de la loger pendant quelque temps; le patron accepta qu'elle reste sur place jusqu'à ce que l'enfant soit assez grand pour voyager. Elle demeura deux ou trois mois chez le cuisinier dans l'arrière-cour, puis un jour, elle disparut, abandonnant son bébé. Personne n'en eut plus jamais la moindre nouvelle.

Dès qu'Allal fut en âge de porter quelque chose,

on le mit à l'ouvrage. Bientôt, il eut la force nécessaire pour chercher l'eau au puits derrière l'hôtel. Comme le cuisinier et sa femme n'avaient pas d'enfant, il jouait seul.

Quand il eut un peu grandi, il se mit à errer dehors, sur la lande déserte qui entourait l'hôtel. Il n'y avait rien sur ce plateau qu'une caserne, entourée d'un mur aveugle très élevé, en pisé rougeâtre. Tout le reste était situé dans la vallée : la ville, les jardins et la rivière qui serpentait vers le sud parmi des milliers de palmiers. Allal s'asseyait sur un rocher en surplomb, d'où il pouvait observer, loin au-dessous de lui, les gens qui allaient et venaient dans les ruelles du bourg. Plus tard seulement, il descendit à la ville et fit connaissance de ses habitants. Sa mère l'ayant abandonné, les gens du bourg le traitaient d'enfant du péché et riaient quand ils le regardaient. Il avait l'impression qu'en agissant de la sorte, ils espéraient le réduire à l'état d'ombre, afin de pouvoir oublier qu'il était, comme eux, un être de chair et de sang. Il redoutait le moment où il serait obligé de descendre en ville tous les matins pour travailler. En attendant, il aidait à la cuisine et servait les officiers des baraquements voisins et les rares automobilistes de passage. Les clients du restaurant lui laissaient de petits pourboires, le Grec le logeait gratuitement dans une espèce de cellule destinée au personnel et le nourrissait, mais il ne lui donnait pas de salaire. Vint le jour où Allal trouva cette situation honteuse et, de lui-même, il partit à la ville pour travailler. Comme tant d'autres jeunes garçons, il aidait à la fabrication des briques en boue séchée dont les gens se servaient pour bâtir leurs maisons.

La vie à la ville se présenta à peu près telle qu'il l'avait imaginée. Il resta deux ans dans une petite chambre derrière une échoppe de forgeron, menant une existence paisible et économisant tout l'argent qui ne lui était pas strictement nécessaire pour survivre. Pendant ce temps, loin de se faire des amis, il conçut une véritable haine des citadins qui lui rappelaient tout le temps ses origines : issu du péché, donc différent des autres, il était meskhot – maudit. Ensuite, il trouva une petite maison, presque une cabane, dans la palmeraie en dehors de la ville. Le loyer était bas et il n'y avait pas de voisin. Il partit vivre là, où l'on n'entendait que le souffle du vent dans les arbres, et il évita les gens du bourg autant que possible.

Par une chaude soirée d'été, peu après le coucher du soleil, il se promenait sous les arcades, face à la place principale. A quelques pas devant lui, un vieil homme en turban blanc portait un lourd sac qu'il essayait de déplacer d'une épaule à l'autre. Brusquement, il le laissa tomber et Allal fixa son regard médusé sur deux longues formes sombres qui se coulaient hors du sac et disparaissaient dans la pénombre. Le vieillard saisit le sac et en resserra l'ouverture, tout en criant : Attention aux serpents! Aidez-moi à les retrouver!

La plupart des gens firent volte-face et rebroussèrent chemin. D'autres regardaient de loin, immobiles. Quelques-uns apostrophèrent l'homme au turban : Dépêche-toi de trouver tes serpents et emmène-les hors d'ici! Pourquoi les as-tu amenés? Nous ne voulons pas de ces bêtes dans notre ville!

Trépignant d'inquiétude, le vieux se tourna vers Allal :

– Surveille cela pour moi un instant, mon fils.

Il montra du doigt le sac qui gisait à ses pieds, puis il ramassa le panier qu'il portait avec lui et disparut vivement dans une ruelle. Allal resta à la même place. Personne ne s'approcha.

Bientôt, l'homme reparut, essoufflé et triomphant. Lorsque les badauds s'aperçurent de son retour, ils se mirent à vociférer, criant à Allal : Fais sortir ce berrani de la ville! Il n'a pas le droit d'apporter ces horreurs ici! Dehors! Dehors!

Allal ramassa le gros sac.

– Allons, viens! dit-il.

Ils quittèrent la grand-place et, par un lacis de petites rues, gagnèrent la campagne. Alors, le vieillard leva la tête; il vit les silhouettes des palmiers, toutes noires dans le ciel à demi obscurci et il se tourna vers le garçon à côté de lui.

– Allons, viens! répéta Allal et il tourne à gauche dans le chemin cahoteux menant à sa maisonnette.

Le vieillard s'arrêta, indécis.

– Tu peux coucher chez moi, ce soir, offrit Allal.

– Et eux? fit le vieillard, montrant du doigt d'abord le sac, puis le panier. Je ne peux pas les quitter.

Allal eut un large sourire.

– Tu peux les amener, dit-il.

Lorsqu'ils furent installés dans la maison, le jeune homme regarda le sac et le panier. Puis il dit : Je ne suis pas comme les autres, là-bas.

Cela lui fit du bien d'entendre prononcer ces mots à voix haute. Il les ponctua d'un geste de mépris : Incapables de traverser la place à cause d'un serpent! Tu les as vus!

Le vieux se gratta le menton.

– Les serpents sont comme les gens, dit-il. Il faut les connaître. Ensuite, on peut devenir amis.

Allal eut un moment d'hésitation puis il demanda :

– Est-ce que tu les laisses sortir, quelquefois?

– Toujours, répondit le vieux d'un ton énergique. C'est très mauvais pour eux de rester enfermés. Et il faut qu'ils soient en bonne santé quand nous arriverons à Taroudant, sinon on ne me les achètera pas.

Sur ce, il commença une longue histoire, décrivant sa vie de chasseur de serpents. Tous les ans, il faisait un voyage à Taroudant où il connaissait quelqu'un qui les achetait pour les charmeurs de serpents Aïssaoua de Marrakech.

Tout en écoutant, Allal préparait le thé et, pour accompagner le thé, il sortit un bol de pâte de kif. Plus tard, lorsqu'ils furent confortablement accoudés avec leurs pipes, entourés d'un nuage de fumée, le vieil homme eut un petit rire. Allal se tourna pour le regarder.

– Veux-tu que je les fasse sortir?

– Bonne idée!

– Mais il faudra que tu restes assis, tranquille et sans parler. Approche la lampe.

Le vieux dénoua les cordons du sac, le secoua un peu et revint s'asseoir à sa place. Allal observa en silence tandis que les longs corps souples s'aventuraient avec précaution hors du sac, vers la lumière. Parmi les cobras, il y avait d'autres serpents aux dessins si délicats et si parfaits qu'on eût dit l'œuvre d'un artiste. L'un d'eux, aux écailles d'un roux doré, langoureusement enroulé au milieu de la pièce, sembla particulièrement beau à Allal. Les yeux fixés sur le serpent, le jeune homme sentit monter en lui un grand désir de le posséder et de le garder toujours auprès de lui.

Le vieillard parlait.

– J'ai passé toute ma vie avec les serpents, disait-il. Je pourrais en raconter, des choses, sur ces bêtes-là. Sais-tu que si tu leur donnes du majoun, tu peux leur faire faire ce que tu veux – et sans même leur dire un mot! Je le jure, par Allah!

Une expression incrédule se peignit sur les traits d'Allal. Il ne mettait pas en doute ce que lui apprenait le vieux, mais plutôt sa propre aptitude à en tirer parti. Car c'est à ce moment-là que germa en lui l'idée de dérober effectivement le serpent. Mais il faut agir vite, pensait-il, au matin, le vieux va reprendre la route. Soudain, il se sentit très impatient.

– Rentrez-les, chuchota-t-il, pour que je puisse faire le dîner. Et il resta assis, admirant l'aisance avec laquelle le vieux prenait chaque serpent par la tête et le glissait dans le sac. A nouveau, il mit deux des serpents dans le panier. Allal remarqua que l'un des deux était bien le serpent rouge et or. Il avait l'impression de voir ses écailles briller à travers le couvercle.

En préparant le repas, Allal essaya de penser à autre chose. Puis, comme il ne parvenait pas, malgré tout, à chasser le serpent de son esprit, il commença à combiner un plan pour se l'approprier. Accroupi dans un coin, devant le feu, il mélangea un peu de pâte à base de kif dans un bol de lait qu'il posa à l'écart.

Le vieux parlait toujours.

– C'est de la chance, disait-il, que d'avoir récupéré les deux serpents comme cela, en pleine ville. On n'est jamais sûr de ce que les gens vont faire quand ils s'aperçoivent qu'on transporte des serpents. Un jour, à El Kelaa, ils me les ont tous pris, et ils les ont tués sous mes yeux, l'un après l'autre. Une année de travail... J'ai dû rentrer chez moi et tout recommencer.

Pendant le repas, Allal remarqua que son hôte avait sommeil. Comment les choses vont-elles se passer? se demandait-il. Il ne pouvait prévoir exactement ce qu'il faudrait faire, et l'idée de manipuler un serpent l'effrayait. Il pourrait me tuer, pensait-il.

Quand ils eurent fini de manger, bu du thé et fumé quelques pipes de kif, le vieux se laissa aller contre le sol et annonça qu'il allait dormir.

Allal se releva d'un bond.

– Par ici! fit-il. Et il conduisit son hôte vers sa propre couche, dans une alcôve. Le vieux s'allongea et s'endormit presque aussitôt.

Plusieurs fois, au cours de la demi-heure suivante, Allal s'en fut jeter un coup d'œil dans l'alcôve. Ni le corps, enveloppé de son burnous, ni la tête et son turban n'avaient bougé.

Alors, il sortit sa couverture, dont il noua trois coins ensemble, puis il l'étala sur le sol, le quatrième coin tiré vers le panier. Ensuite, il y posa le bol de lait dans lequel il avait délayé la pâte de kif. Au moment où il détachait la courroie du panier, le vieux toussa. Allal se figea, persuadé qu'il allait entendre son hôte dire quelque chose de sa voix cassée. Une légère brise s'était levée et, dans les palmiers, les palmes crissaient l'une contre l'autre, mais il n'y eut plus aucun bruit venant de l'alcôve. Allal se glissa furtivement de l'autre côté de la pièce et s'accroupit contre le mur, le regard braqué sur le panier.

A plusieurs reprises, il crut voir le couvercle qui remuait légèrement, mais il décida chaque fois qu'il s'était trompé. Enfin, il retint son souffle. L'ombre à la base du panier se déplaçait. L'un des deux serpents était sorti par l'autre côté. La créature attendit quelques instants avant de s'avancer dans la lumière, mais alors, Allal fit une silencieuse prière en action de grâce. Il avait reconnu le serpent rouge et or.

Lorsque le reptile se décida à se rapprocher du bol, il en fit d'abord le tour complet, examinant l'intérieur avant de baisser la tête vers le lait. Allal l'observait, craignant que la saveur inconnue du kif ne lui répugne. Cependant, le serpent demeurait immobile.

Allal attendit une bonne demi-heure. Le serpent restait toujours à la même place, la tête dans le bol. De temps à autre, Allal regardait le panier, pour s'assurer que le deuxième serpent n'en était pas sorti. Le vent soufflait toujours, et les palmes raclaient l'une contre l'autre. Quand il jugea l'instant propice, Allal se leva doucement et, gardant un œil sur le panier où l'autre bête semblait dormir, il allongea le bras et attrapa les trois coins de la couverture qu'il avait noués. Puis, il souleva le quatrième coin, de sorte que le serpent et le bol tombèrent au fond d'une espèce de sac improvisé. Le serpent remua légèrement, mais sans donner l'impression d'être courroucé. Allal savait exactement où il allait le cacher : entre deux pierres dans le lit asséché de la rivière.

Tenant sa couverture à bout de bras, il ouvrit la porte et passa dehors, sous les étoiles. Le chemin à faire n'était pas long, d'abord vers un bouquet de palmiers aux troncs élancés, puis à gauche, jusqu'à l'oued, en bas. Il y connaissait, entre deux grosses pierres, un espace où son paquet serait facile à dissimuler. Il l'y poussa avec précaution, et se dépêcha de regagner la maison. Le vieux dormait.

Comme il n'avait aucun moyen de s'assurer que l'autre serpent était encore dans le panier, Allal prit son burnous et s'installa dehors. Il ferma la porte et se coucha par terre pour dormir.

Avant que le soleil ait monté dans le ciel, le vieux s'éveilla et se mit à tousser dans son alcôve. Allal se leva prestement, rentra, et commença à allumer le feu dans le mijmah. Un instant plus tard, il entendit l'autre s'écrier : Ils se sont échappés encore une fois! Ils ne sont plus dans le panier! Ne bouge pas! je les retrouverai.

Le vieux ne fut pas long à pousser un grognement de satisfaction.

– Je tiens le noir! triomphait-il. Allal, du coin où il était accroupi, ne leva pas les yeux, et le vieux vint vers lui en brandissant un cobra. Maintenant, il faut que je retrouve l'autre!

Il remit le serpent dans son panier et continua ses recherches. Quand le feu eut bien pris, Allal se retourna et dit : Voulez-vous que je vous aide à le retrouver?

– Non! non! Reste où tu es.

Allal fit bouillir de l'eau et prépara le thé. Le vieil homme, cependant, toujours à quatre pattes, soulevait boîtes et coffrets, déplaçant les sacs. Son turban avait glissé et s'était dénoué; la sueur lui coulait sur le visage.

– Venez donc prendre le thé, lui dit Allal.

Il crut que le vieux n'avait pas entendu, mais au bout d'un instant, celui-ci se leva et passa dans l'alcôve où il enroula à nouveau son turban. En ressortant, il s'assit auprès d'Allal et ils prirent le petit déjeuner.

– Les serpents sont très malins, dit le vieux. Ils arrivent à se glisser dans des fentes qui n'existent même pas. J'ai remué la maison de fond en comble et j'ai tout soulevé!

Après avoir mangé, ils sortirent et se mirent à la recherche du serpent entre les troncs des palmiers qui formaient un petit massif resserré près de la maison. Quand le vieux fut convaincu que sa bête avait disparu, il rentra, l'air triste.

– C'était un bon serpent, dit-il enfin. Et maintenant, je pars pour Taroudant.

Ils se firent leurs adieux. Puis, le vieux reprit son sac et son panier et s'engagea sur le chemin qui menait à la grand-route.

Toute la journée, pendant qu'il travaillait, Allal ne pensa qu'à son serpent. Mais c'est seulement au coucher du soleil, qu'il se trouva libre d'aller à l'oued, pour tirer sa couverture du trou entre les rochers. Il la rapporta à la maison, très excité.

Avant de dénouer la couverture, il remplit un plat creux de lait mélangé à de la pâte de kif et le posa sur le sol. Il en mangea trois cuillerées et s'assit, le buste incliné en arrière, à guetter. Il tambourinait des doigts sur le plateau en bois de la table basse où il servait le thé. Tout se passa exactement comme il l'avait espéré. Le serpent sortit lentement de la couverture et peu après, il découvrit le plat et but le lait. Tant que le serpent buvait, Allal continua de tambouriner, mais lorsque la bête eut fini et releva la tête pour le regarder, il s'arrêta, et le serpent retourna en rampant dans sa couverture.

Plus tard dans la soirée, le jeune homme sortit un autre bol de lait et se remit à tambouriner sur la table. Au bout d'un instant, le serpent sortit la tête, puis son corps tout entier, et les événements se déroulèrent selon le même schéma que la première fois.

Ce soir-là et tous les soirs suivants, Allal resta assis avec le serpent, cherchant avec infiniment de patience à l'apprivoiser et à en faire son ami. Il n'essayait pas de le toucher, mais il arrivait à le faire venir, à le garder devant lui aussi longtemps qu'il le désirait et à le congédier à volonté, par le simple battement de ses doigts contre la table. Pendant une semaine ou deux, il employa le majoun mélangé au lait; puis il essaya sa routine en le supprimant. Il obtint les mêmes résultats et dorénavant, ne lui donna plus que du lait et des œufs.

Puis, un soir, tandis que son ami reposait, gracieusement enroulé devant lui, il se mit à penser au vieil homme et il conçut une idée qui chassa tout le reste de ses pensées. Depuis plusieurs semaines il n'y avait plus de majoun dans la maison, et il décida d'en préparer. Le lendemain, il acheta les ingrédients nécessaires et, en rentrant de son travail, il se mit à l'œuvre. Lorsque la pâte fut prête, il en délaya une bonne quantité dans un bol de lait, et le posa sur le sol, pour le serpent. Il en mangea lui-même quatre cuillerées qu'il accompagna de rasades de thé.

Il se déshabilla rapidement et s'allongea tout nu sur une natte près de la porte, après avoir placé la table de manière à pouvoir l'atteindre. Cette fois, il continua de tambouriner après que le serpent eut achevé de boire le lait. Celui-ci restait immobile et l'observait, comme s'il hésitait à croire que le bruit familier pût venir du corps bronzé en face de lui.

Au bout d'un long moment, comme le serpent ne bougeait toujours pas et continuait de le fixer de ses yeux jaunes et opaques, Allal lui répéta de nombreuses fois : Viens ici! Il savait que le reptile n'entendait pas sa voix, mais il le croyait capable de percevoir une volonté qui l'incitait à s'approcher. Tu peux leur faire faire ce que tu veux, sans prononcer un seul mot, avait dit le vieux.

Le serpent ne bougeait pas, mais Allal continuait à répéter son ordre, certain, à présent, qu'il allait lui obéir. En effet, après encore un long moment d'attente, le serpent baissa brusquement la tête et se mit à ramper vers lui. Il atteignit la hanche du jeune homme et se plaqua contre sa jambe, puis il grimpa le long de la jambe et resta un moment couché en travers de sa poitrine. Le corps du serpent était pesant et tiède, ses écailles admirablement douces. Enfin, il s'installa et cessa de bouger, lové entre le cou et l'épaule d'Allal.

A présent, le kif dominait totalement le cerveau du jeune homme. Il restait allongé dans un état de pure délectation, la tête du serpent contre la sienne, sans autre pensée que celle du reptile tout près de lui. Les motifs qui se formaient derrière ses paupières, puis se dissolvaient, semblaient être la réplique de ceux qui couvraient le dos de son ami. De temps à autre, soulevés par une lame de fond, tous les dessins s'élevaient, tourbillonnant comme dans un entonnoir, d'où ils se déversaient, brisés en éclats. Aussitôt ils se recomposaient en un seul gigantesque œil jaune, fendu au milieu par une étroite pupille verticale dont les pulsations suivaient le rythme de son propre cœur. Ensuite, l'œil s'éloignait à travers des zones mouvantes et contrastées d'ombre et de lumière et il n'en restait plus que les motifs en écailles qui se rapprochaient, fusionnaient, et s'écartaient à nouveau, pullulant comme un essaim d'abeilles. Enfin, l'œil revint, cette fois tellement énorme qu'on n'en voyait plus le bord, la pupille si dilatée qu'il aurait presque pu y pénétrer. Tandis qu'il fixait l'obscurité à l'intérieur, il comprit que quelque chose l'attirait lentement vers l'ouverture. Il tendit les bras pour toucher la surface polie de l'œil de chaque côté et il sentit qu'une force l'aspirait. Il glissa par la fente et fut englouti par les ténèbres.

En s'éveillant, Allal eut l'impression d'être revenu d'un long voyage. Il ouvrit les yeux et vit, à ses côtés, ce qui ressemblait au flanc de quelque bête énorme, couverte d'un poil dur et rêche. Il y avait dans l'air une vibration qui se répétait comme un roulement lointain de tonnerre ondulant sur l'horizon. Il soupira, ou du moins, il crut soupirer, car son souffle ne produisait aucun son. Puis il bougea la tête pour tenter de voir au-delà de la masse chevelue qui lui barrait la vue. Il aperçut alors une oreille, et il comprit que ce qu'il regardait était sa propre tête, vue de l'extérieur. Il ne s'attendait pas à cela; il avait seulement souhaité que son ami pénètre en lui et partage ses pensées. Mais la situation ne lui sembla pas, pour autant, anormale ou étrange. Il se borna à constater qu'à présent, il voyait le monde à travers les yeux du serpent, plutôt qu'avec les siens.

Il savait maintenant pourquoi le serpent s'était montré tellement méfiant. Vu d'ici, le jeune homme était une créature monstrueuse, avec sa tête hérissée de poils et le souffle qui vrombissait dans sa poitrine, comme un orage lointain.

Il se déroula et se glissa à travers la pièce jusqu'à l'alcôve. Il y avait une brèche dans le mur de pisé, assez large pour qu'il puisse s'y faufiler. Lorsqu'il eut fini de s'extirper de là, il resta étendu de tout son long sur le sol, baigné par la lumière cristalline de la lune, le regard arrêté par l'étrangeté du paysage où les ombres n'étaient pas des ombres.

Il fit le tour de la maison en rampant, et s'engagea sur la route de la ville; une impression de liberté, différente de tout ce qu'il avait pu imaginer, l'emplissait d'allégresse. Il n'était plus conscient d'avoir un corps, tant la peau qui le contenait l'épousait étroitement. C'était merveilleux de caresser la terre de toute la longueur de son ventre, tandis qu'il avançait sur la route silencieuse, tout en humant le vent chargé par moments d'âcres bouffées d'absinthe. Quand la voix du muezzin se répandit du haut de la mosquée, sur la campagne environnante, il ne put l'entendre et ne sut pas que la nuit touchait à sa fin.

Dès qu'il aperçut devant lui la silhouette d'un homme, il quitta la route et se cacha derrière un rocher jusqu'à ce que le danger soit écarté. Mais en approchant de la ville, il rencontrait de plus en plus de gens, et il se laissa glisser dans la seguia, le profond fossé qui bordait la route. Ici, les pierres et les touffes de plantes mortes le gênaient et l'empêchaient d'avancer. Il frayait encore son chemin péniblement, contournant les pierres à travers un fouillis de broussailles séchées, quand l'aube se mit à poindre.

La venue du jour l'emplit de malaise et d'inquiétude. Il se hissa sur le bord du fossé et dressa la tête pour scruter la route. Un homme qui passait à ce moment-là l'aperçut, se figea sur place, puis fit demi-tour en courant. Allal ne resta pas là à attendre; il était pressé, maintenant, de rentrer à la maison.

Soudain, il sentit le choc d'une pierre frappant le sol quelque part derrière lui. Vite, il se jeta par-dessus le rebord de la seguia et se laissa rouler en se tortillant jusqu'au fond. Ici, il connaissait le terrain : au croisement de l'oued et de la route, il y avait deux entrées d'égout, non loin l'une de l'autre. Un homme armé d'une bêche surveillait le fossé à quelque distance devant lui, mais Allal continua son chemin. Il était sûr d'avoir le temps d'entrer dans le premier tunnel d'égout avant que l'homme puisse l'atteindre. Le sol du passage sous la route était hérissé de petites vagues irrégulières de sable damé et dur. L'air qui le traversait sentait bon la montagne. Il y avait des recoins où il eût pu se cacher, mais il ne s'arrêta pas et se retrouva bientôt à l'autre bout. Là, il sortit, se glissa jusqu'au deuxième égout, puis il repassa sous la route en sens inverse et se retrouva dans la seguia. Derrière lui, plusieurs hommes s'étaient réunis à l'entrée du premier égout. L'un d'eux, agenouillé, avait la tête et les épaules engagées dans l'orifice.

A présent, Allal fila tout droit vers la maison. Il passait en terrain découvert et gardait l'œil sur la touffe de palmiers près de la maisonnette. Le soleil venait de se lever et les pierres projetaient de longues ombres bleuâtres. Soudain, un petit garçon surgit de derrière quelques palmiers tout proches. Quand il l'aperçut, sa bouche et ses yeux s'ouvrirent, béants de terreur. Il était si près d'Allal que celui-ci fonça tout droit sur lui et le mordit à la jambe. Le gamin détala, courant follement vers le groupe d'hommes dans la seguia.

Allal se hâta de regagner la maison, sans même

jeter un coup d'œil derrière lui, jusqu'à ce qu'il ait atteint le trou entre les deux briques de pisé. Plusieurs hommes s'étaient lancés à sa poursuite à travers les arbres. Vivement, il se faufila dans l'alcôve. Le corps brun gisait toujours près de la porte, mais le temps lui manquait pour se retrouver près de lui, s'allonger près de la tête et lui dire : Viens!

Tandis qu'il dardait son regard sur le corps inerte à l'autre bout de la pièce, il y eut un grand vacarme de coups contre la porte. Le garçon se releva dès le premier coup, comme si un ressort eût joué; Allal vit alors avec désespoir l'expression de terreur invincible sur son visage, et ses yeux, vides et hagards, d'où l'esprit avait fui. Pantelant, le jeune homme se tenait là, debout, les poings serrés. La porte s'ouvrit et quelques hommes passèrent la tête et jetèrent des regards interrogateurs vers l'intérieur. Le jeune homme poussa un rugissement, baissa la tête, et fonça à travers le groupe. L'un des hommes tendit le bras pour le retenir, mais il perdit l'équilibre et bascula. Un instant plus tard, ils se retournèrent tous et partirent à la poursuite de la silhouette nue qui courait à travers la palmeraie.

S'ils perdaient le garçon de vue de temps à autre, ils continuaient cependant d'entendre ses cris et le retrouvaient, courant toujours entre les troncs des palmiers. Finalement, il trébucha et tomba, face contre terre. Alors, ils le saisirent, le ligotèrent, couvrirent sa nudité, et l'emmenèrent, afin de l'expédier bientôt à l'asile de Berrechid.

Dans l'après-midi, le même groupe d'hommes revint pour mener à bien les recherches qu'ils avaient interrompues. Allal somnolait dans l'alcôve. Lorsqu'il s'éveilla, ils étaient déjà dans la maison. Il se tourna vers le mur et rampa jusqu'au trou. Là, il vit un homme à l'extérieur, qui l'attendait, un gourdin à la main.

Il avait toujours eu la rage au cœur; à présent, elle éclata. Une manière de déclic le précipita dans la pièce, comme si son corps eût été la lanière d'un fouet. Les hommes les plus proches s'étaient agenouillés, les mains au sol. Allal eut la joie d'en atteindre deux et de planter ses crochets dans leur chair, avant qu'un troisième ne lui sectionne la tête d'un coup de hache.

# LE MARI

ABDALLAH vivait avec sa femme dans une maison de deux pièces située sur une colline à plusieurs kilomètres du centre-ville. Ils avaient deux enfants. La fille fréquentait l'école; le garçon habitait chez un Anglais qui l'employait comme jardinier.

Depuis longtemps, la femme d'Abdallah avait décidé de leur mode de vie en s'engageant comme bonne chez des étrangers. Ses patrons appréciaient sa force et son caractère enjoué, et la recommandaient à leurs amis. Ainsi, elle ne manquait jamais d'emploi et partageait ses journées entre plusieurs maisons. Comme elle donnait tous ses gages à Abdallah, il pouvait se dispenser de travailler. Il lui arrivait de penser qu'elle gagnait plus qu'elle ne disait, mais il gardait ses soupçons pour lui.

Elle était passée maître dans l'art de subtiliser des objets dans les maisons de ses patrons sans qu'ils s'en aperçoivent. Au début, elle lui remettait ce menu butin en même temps que son salaire; l'argent qu'ils tiraient des objets en les revendant à la joteya constituait une prime appréciable. Mais à force de travailler chez des étrangers, elle avait fini par prendre goût à leurs manières. Elle se mit à récriminer lorsque

Abdallah tentait d'emporter un drap, une serviette éponge, ou un joli plat de service : elle les voulait chez elle. Le jour où il la priva d'une pendulette de voyage à laquelle elle tenait tout particulièrement, elle ne lui adressa plus la parole et cessa tout contact avec lui. Vexé, humilié, il prit l'habitude de dormir dans la pièce à côté, après avoir expédié la fillette auprès de sa mère.

Cet état de guerre larvée ne dura pas bien longtemps avant qu'Abdallah ne commence à s'intéresser de très près à Zohra, une jeune femme du quartier dont le mari venait de la quitter. Comme elle avait besoin d'argent, elle encouragea les avances d'Abdallah; bientôt, on le vit prendre ses repas et passer la nuit chez elle, sans aucun souci des commentaires que sa conduite suscitait dans le voisinage.

Très vite, Zohra découvrit qu'Abdallah ne pouvait rien payer. Ayant déménagé, il n'osait guère se présenter en fin de mois pour demander de l'argent à sa femme. Lorsqu'elle eut compris la situation, Zohra ne pensa plus qu'à se débarrasser de lui, et elle s'employa à lui rendre la vie impossible. Un jour, il passa à son ancien domicile en début d'après-midi, heure à laquelle il savait que sa femme travaillait et serait absente. C'était un vendredi, sa fille n'était pas à l'école; il la trouva dans le patio, en train de faire la lessive. Lorsqu'il lui dit bonjour, elle leva à peine la tête. Sa mère lui a bourré le crâne de mensonges à mon sujet, pensa-t-il. Puis il pénétra dans la maison, en appelant sa femme à voix haute. Son regard s'arrêta aussitôt sur un sac en plastique transparent, coincé dans un recoin du mur. S'étant approché, il vit dans le sac quelque chose qui brillait; sans chercher plus avant, il le cacha sous sa djellaba, cria encore une fois le nom de sa femme et regagna le patio.

– Tu diras à ta mère que je suis venu, recommanda-t-il à sa fille. Comme elle ne répondait pas, il ajouta : N'écoute pas les voisins.

Elle le fixa du regard un instant, d'un air de reproche, avant de se pencher à nouveau sur les vêtements qu'elle frottait.

Il grimpa sur la colline et s'assit dans les bois, sous les arbres, pour y examiner le sac, à l'abri des regards indiscrets. Il contenait douze grandes cuillers, toutes pareilles. Abdallah les admira un moment, puis il les enveloppa et repartit vers la ville. Il avait l'intention de les montrer à un habitant du quartier d'Emsallah qui connaissait ce genre d'objets.

L'homme lui garantit que les cuillers étaient faites de l'argent le plus pur et il lui en offrit soixante-dix mille francs. Abdallah répondit qu'il lui fallait le temps de réfléchir et qu'il reviendrait. D'Emsallah, il alla tout droit à la joteya et confia ses pièces d'argenterie à un dillal qui fit le tour du marché en les proposant aux acquéreurs. Les enchères atteignirent cent mille francs, et les cuillers furent vendues.

Ce soir-là, Abdallah se coucha tout habillé et resta sans dormir, les billets serrés dans une main. Le lendemain matin, il sortit de bonne heure et fit l'acquisition de dix chèvres, toutes noires. Ensuite, il loua un cabanon avec un petit hangar attenant où il pouvait héberger ses bêtes pendant la nuit. Il avait pris soin de choisir un quartier suffisamment éloigné du sien et dont le chemin d'accès était différent; ainsi, pensait-il, il avait moins de chances de se retrouver nez à nez avec Zohra, ou avec sa femme.

Sa nouvelle existence lui parut agréable et reposante. Dès le lever du jour, il sortait avec les chèvres qu'il menait au pâturage par la route de derrière, vers Boubana, puis à travers la vallée, en direction de Rehreh. Là, il s'installait à l'ombre d'une ferme en ruine et surveillait le troupeau qui s'égaillait sur la colline au-dessous.

Parfois, le sommeil le gagnait et il dormait un moment au lieu de regarder. Mais c'était dangereux : les chèvres pouvaient entrer dans un lopin de terre cultivée et éveiller le courroux du fermier. Plus grave pour lui, une nouvelle loi stipulait que les automobilistes ne seraient plus responsables des bêtes qu'ils pourraient heurter sur la chaussée. Pis encore, le propriétaire du troupeau devait dorénavant payer une amende corsée pour chaque animal écrasé. Les gens de la campagne étaient incapables de s'expliquer les raisons d'un règlement aussi pervers, mais ils comprenaient qu'il valait mieux tenir leurs bêtes loin des routes.

Souvent, par temps chaud, Abdallah ne se donnait pas le mal de mener ses chèvres jusque dans la vallée, mais s'installait sous un pin, dans un pré, à proximité de la route de Rmilat. Ici, il fallait, coûte que coûte, rester éveillé, car les bêtes risquaient fort d'errer jusqu'à la route. Cependant par une après-midi étouffante, il fut incapable de résister à un puissant besoin de dormir. Il eut beau lutter, il ne put s'empêcher de sombrer dans le sommeil.

Un grincement de freins le ramena à lui, il baissa le regard vers la route et vit ce qui s'était passé : deux de ses bêtes, fauchées par un camion, gisaient mortes sur l'asphalte.

Il se releva d'un bond, chassa les autres chèvres de la route et revint à la hâte pour traîner les bêtes mortes dans le fossé. Si des policiers passaient par là, ils les identifieraient tout de suite comme partie du troupeau, ils l'arrêteraient et l'emmèneraient.

Un jeune garçon s'avançait vers lui avec une brouette. Ayant reconnu le fils du voisin qui demeurait à côté de son cabanon, il l'appela et lui montra les cadavres dans le fossé.

– Débarrasse-moi de ces deux bêtes, veux-tu? Cache-les où tu veux, mais ne les promène pas sur la route. Quand tu reviendras, ta brouette vide, je te donnerai l'argent.

Il n'expliqua pas au jeune homme pour quelle raison il tenait à déplacer les carcasses au lieu de les laisser tout simplement dans le fossé pour les chiens. Si le garçon percevait l'importance de sa mission, il ne se contenterait pas de la petite somme qu'Abdallah avait l'intention de lui donner.

Le gars hissa les chèvres sur sa brouette et s'engagea dans un chemin qui descendait à travers les broussailles vers la rivière. C'était dimanche, une multitude de femmes faisaient leur lessive le long des berges du ruisseau. Les buissons des alentours disparaissaient sous les draps en train de sécher. Il poussa la brouette jusqu'au pont sur l'écluse. En amont, l'eau était profonde et noire; en bas, un filet d'eau ruisselait dans un vallon tortueux. Il décida de décharger ses bêtes dans l'eau profonde et remonta ses manches.

Une femme qui se tenait sur l'autre rive, au pied de l'écluse, se mit aussitôt à vociférer.

– C'est mon terrain, lui cria-t-elle. Pas de charognes ici!

Il resta un long moment à écouter ses cris sans répondre tandis qu'elle gesticulait des bras. Puis, comme des gens s'attroupaient, il cracha avec mépris, souleva la brouette et déversa sa cargaison d'un seul coup dans l'eau. La femme se mit à hurler et annonça qu'elle allait prévenir la police.

– Je te connais! glapissait-elle. Je sais où habite ton père! Ce soir, tu iras dormir en prison!

Le garçon reprit son chemin; il poussait sa brouette sans même lui accorder un regard. Il passa par la route pour regagner l'endroit où Abdallah l'attendait.

Dès qu'il l'aperçut, Abdallah vint à sa rencontre, constata que la brouette était vide et paya, tenant pour acquis que les chèvres étaient dissimulées quelque part dans les fourrés au tournant du ruisseau.

Moins d'une heure plus tard, la femme se plaignait au commissariat où elle dénonçait le garçon, avec force gestes à l'appui. Les policiers l'écoutaient avec attention, flairant là l'occasion de récolter quelques amendes.

Lorsqu'ils eurent repêché les chèvres et qu'ils les eurent déposées dans l'arrière-salle du poste de police, la femme les conduisit chez le père du garçon.

Le jeune homme se défendit avec véhémence : l'eau profonde est de loin le meilleur endroit pour les jeter! protestait-il. Allez donc demander à l'homme qui m'a payé pour les emporter!

Dans l'enclos voisin, ils trouvèrent Abdallah assis, l'air découragé, parmi les huit chèvres qui lui restaient.

– Allez, viens, lui dirent-ils. On a quelque chose à te montrer. Puis ils l'obligèrent à les accompagner au commissariat. Là, ils le confrontèrent aux deux carcasses trempées et exigèrent le paiement immédiat d'une amende de quarante mille francs.

Abdallah fut abasourdi : mais je n'ai pas même dix francs, protesta-t-il.

– Cela ne fait rien, répliquèrent les policiers. Nous prendrons quatre chèvres.

Abdallah poussa des cris d'indignation.

– Comment deux chèvres peuvent-elles en valoir quatre? hurlait-il sans cesse.

Les policiers le renvoyèrent en riant. Mais le bruit avait attiré devant le commissariat une foule de gens qui cherchaient à voir ce qui se passait à l'intérieur.

Zohra, qui attendait l'autobus de l'autre côté de la rue au milieu des badauds, ne fut pas longue à connaître toute l'histoire.

Aha! se dit-elle, il a des chèvres. Et, tandis que le bus grimpait la colline, toute sa rancœur contre Abdallah lui revint. Il n'avait pas de quoi payer un pain – et maintenant, il a des chèvres!

Elle se mit en devoir de répandre le bruit dans le quartier : Abdallah, au contraire de ce que tout le monde croyait, n'a pas quitté Tanger, mais vit avec un troupeau de chèvres en dessous de la rue Vasco de Gama. Elle était certaine que la nouvelle parviendrait aux oreilles de l'épouse d'Abdallah, ce qui ne tarda guère.

La femme d'Abdallah ne s'était pas, jusqu'alors, donné le mal de porter plainte contre le mari qui les avait abandonnés, elle et ses enfants, car elle savait qu'elle ne pourrait rien en tirer. Mais maintenant, elle tenait à demander un soutien. Si Abdallah possédait des chèvres, il les avait acquises grâce aux cuillers en argent, elle en était sûre. Il fallait les lui arracher.

Le lendemain, au lieu de se présenter au travail chez les chrétiens, elle alla déclarer que son mari l'avait quittée. Au bout d'une longue attente, on la fit entrer dans un bureau. Le fonctionnaire qui remplissait les papiers lui demanda où travaillait Abdallah.

– Il ne travaille pas. Il n'a pas d'argent.

L'homme leva les bras au ciel.

– Que voulez-vous qu'on fasse, alors? S'il n'a pas d'argent, pourquoi êtes-vous venue ici?

– Il a des chèvres, répondit-elle.

Quelques semaines plus tard, elle reçut un message de l'administration, la convoquant au commissariat de son quartier. Là, on lui assigna un agent et ils partirent ensemble vers la masure où vivait Abdallah.

Depuis le jour où la police s'était emparée de la moitié de son troupeau, Abdallah n'avait plus pris la peine de mener les quatre dernières bêtes au pâturage. Il restait assis sur le seuil de sa maisonnette, à observer les chèvres qui tournaient, affamées, dans leur petit enclos. De temps à autre, il leur apportait une brassée d'herbes.

Le policier dit à la femme d'attendre dans la rue pendant qu'il entrait pour chercher les chèvres. Elle passa la tête par la porte de la cour et vit les quatre bêtes efflanquées et osseuses. Le policier prononça quelques mots, puis il ressortit par la même petite porte, à claire-voie poussant les chèvres devant lui.

Tandis qu'il refermait, elle jeta un dernier regard vers l'intérieur et vit Abdallah, assis à l'entrée du cabanon, penché, le visage enfoui entre ses mains. S'il avait seulement levé la tête à ce moment-là, elle lui aurait dit quelque chose pour lui faire comprendre qu'elle ne lui en voulait pas, qu'il pouvait revenir. Mais il ne bougea pas. La grille refermée le déroba à sa vue et elle se retrouva sur la route, marchant avec le policier et les chèvres.

Pendant un instant, elle eut le regret de ne pas lui avoir parlé : il avait l'air si seul et si découragé. Mais elle se souvint du châle, un immense châle en cachemire vaporeux qu'elle avait réussi à s'approprier quelques jours auparavant, après des mois de savantes manœuvres, et qu'elle avait la ferme intention de garder. Elle pensa qu'elle avait bien fait de tenir sa langue.

En ce monde, il n'est pas possible de tout avoir, se dit-elle.

# SOUVENIRS DE BOUSELHAM

QUAND j'étais petit, ma mère avait un coin de lecture favori, sur une chaise longue entre deux fenêtres, dans un angle du salon donnant à l'est, assez loin des murs pour que la lumière converge sur son livre par-dessus ses épaules, des deux côtés. C'est là qu'elle s'installait quand elle avait l'intention de lire un long moment et elle entassait des douzaines de petits coussins en duvet contre le dossier de la chaise longue. Cela faisait un siège de repos très confortable; parfois, je m'y glissais quelques minutes avant que ma mère se lève, le matin. Un jour, elle m'y surprit et m'accabla de moqueries.

– Tu te ramollis dans ta vieillesse? ironisait-elle. Mais tu es un garçon en pleine croissance! Laisse ce siège aux adultes.

Le meilleur endroit pour s'allonger par un après-midi d'été, c'était le jardin. Le vent y sifflait dans les hautes branches des eucalyptus et des cyprès. Des écheveaux de brume passaient à grande vitesse juste au-dessus; parfois, ils s'accrochaient à la cime d'un arbre, s'effilochaient et plongeaient vers le bas, à travers les branchages. Je me souviens d'une année, j'étais revenu d'Angleterre pour les vacances et j'ai étudié tout l'été dans le jardin, allongé derrière des buissons ou des haies, n'importe où, pourvu que ce soit caché de la maison.

Je me couchais à plat ventre contre le sol chaud et j'écartais les brins d'herbe coupés, pour regarder les fourmis qui grouillaient dans cette forêt miniature. La plupart étaient petites et supportaient sans gêne apparente la natte en jonc tressé que j'étalais sur leur domaine, mais si les grandes fourmis rouges me découvraient – ce qui pouvait arriver –, elles attaquaient aussitôt et il ne me restait qu'à emporter mon tapis ailleurs.

Cela va sans dire, la médina m'était interdite. Ma mère l'aurait très mal pris, si elle avait su que je m'y étais promené tout seul. Mais, parfois, j'avais l'occasion d'aller faire une course et je pouvais me faufiler quelques instants dans la vieille ville et me frayer un chemin dans ses ruelles. J'adorais leurs brusques tournants et la façon qu'elles avaient de s'enterrer soudain dans des passages couverts. C'est par un de ces passages sous une maison que l'on atteignait l'allée où se dressait le bordel de Mama Tiemponada. Ce n'était pas le seul mauvais lieu du coin, simplement le plus grand. Toutes les maisons de l'allée servaient à cela. Appuyées aux chambranles des portes, les femmes hélaient les passants. L'endroit me paraissait mystérieux et sinistre. Tout compte fait, il semblait normal que ma mère ne me permette pas de me promener dans la médina.

Un soir où je traînais dans l'allée, en face de chez Mama Tiemponada, à contempler la porte d'entrée, celle-ci s'ouvrit, livrant passage à un tout jeune Marocain. Il s'immobilisa un instant, le regard levé vers la pleine lune au-dessus de sa tête, siffla une seule fois vers elle et s'en alla. J'ai trouvé cela très étrange et je m'en suis souvenu. C'était un sifflement complice et familier, comme si la lune et lui étaient bons amis depuis longtemps. Un an ou deux plus tard, quand Bouselham est entré à notre service, il m'a semblé reconnaître ce même garçon.

Cela aurait peut-être mieux valu pour moi, si j'avais connu mon père un peu plus. Mais cela ne s'est jamais fait. Je ne songeais pas à me demander quelle sorte d'homme il était. Il avait largement dépassé les cinquante ans au moment de ma naissance et ne s'intéressait plus à grand-chose d'autre qu'au golf. Il m'accordait peu d'attention, et encore moins à ma mère. A l'aube, il se levait, avalait un substantiel petit déjeuner et montait son cheval favori jusqu'au club de Boubana. Nous ne le revoyions plus avant le soir. Les dames disaient à maman : le colonel Driscoll a tant d'allure, là-haut, sur son cheval! Leurs maris à elles se rendaient au club en voiture; j'étais convaincu qu'elles se moquaient de nous en cachette, à cause du comportement bizarre de papa.

Quand j'étais petit, je jouais quelquefois avec Amy, qui vivait dans la propriété voisine de la nôtre, au bout de la rue. Elle avait cinq ans de plus que moi, un vrai garçon manqué, avec de fortes tendances sadiques pour lesquelles j'étais une victime toute désignée. L'année de ses vingt ans, sa mère est morte et elle est restée toute seule dans une maison beaucoup trop grande pour elle. Alors, elle s'est mise à passer presque tout son temps avec maman.

Je ne fus pas surpris d'entendre ma mère annoncer un jour, d'un ton dégagé : Amy viendra habiter chez nous quelque temps.

Amy est arrivée peu de temps après. Les années l'avaient changée; c'était maintenant une jeune femme nerveuse et introvertie, une vraie maniaque de la précision. Elle avait un tic agaçant : elle se raclait la gorge à tout bout de champ.

Mon père n'était pas content de l'avoir à la maison, mais au début il essayait de lui parler. Il la trouvait névrosée, morbide et centrée sur elle-même, et il affirmait qu'elle sapait toute l'énergie de maman.

– Qu'est-ce qu'elle a cette fille? se plaignait-il. Elle ne te laisse pas une minute tranquille!

Autant qu'une autre, maman aimait se sentir admirée, fût-ce par Amy. Elle appréciait son dévouement et répondait :

– C'est une fille équilibrée. Je ne vois pas ce que tu lui reproches.

Comme toujours, les mauvaises langues ont rapporté les faits avec une certaine exactitude, mais les motivations leur ont échappé. Tout le monde croyait que mon père avait quitté la maison à cause de Bouselham, alors qu'en réalité, il ne pouvait plus souffrir Amy. Au bout de six mois, comme elle ne manifestait aucune intention de se chercher un autre logement et que maman s'entêtait dans son refus de le lui suggérer, il est soudain parti pour l'Italie. Maman ne s'en est pas émue outre mesure. Ton père a besoin de vacances, m'a-t-elle dit après son départ. Bien sûr, elle pensait qu'il reviendrait.

C'est à cette époque, justement, que Bouselham est sorti de sa condition obscure. Papa l'avait engagé comme aide-jardinier environ un an auparavant, quand il n'avait que seize ans. Il désherbait, ratissait et transportait l'eau dans le jardin du bas. On ne le voyait presque jamais aux abords de la maison. Mais après le départ de papa, il s'est mis à fréquenter la cuisine où les bonnes lui offraient le thé. Bientôt, il partagea leurs repas au lieu de s'installer sous un arbre pour manger ce qu'il avait apporté de chez lui.

D'où est venue sa liaison avec ma mère? De quelle façon a-t-elle commencé? Impossible de le demander à Bouselham; entre nous, comme nous n'en avons jamais parlé, cela n'existe pas. Mais je suis certain que maman a dû prendre les devants, peu importe les circonstances exactes.

Souvent, Bouselham n'avait rien d'autre à faire que de rester assis au café à fumer le kif; il n'était même pas sûr d'y trouver un partenaire pour jouer aux cartes. La plupart des hommes travaillaient dans la journée et ne venaient que le soir. Mais Bouselham n'avait pas besoin de travailler. Depuis le départ du colonel, son patron, il vivait avec la patronne. Et elle ne voulait pas qu'il travaille et soit obligé de se lever de bonne heure; elle aimait faire la grasse matinée et le garder auprès d'elle. Au café, pas un client n'ignorait que Bouselham avait une riche nazaréenne qui le comblait de cadeaux.

Bientôt, Amy se mit à répéter cela à ma mère sur tous les tons et de toutes les manières. A son point de vue, maman avait tort de prendre Bouselham avec elle; non seulement en raison de la différence de religion, de culture et de classe sociale entre eux, mais aussi parce qu'il était beaucoup trop jeune pour une femme de son âge. En général, ma mère se bornait à répondre d'un ton suave qu'elle voyait les choses autrement, mais parfois, elle ajoutait quelques mots. Un jour, je l'ai entendue qui disait : Tu cherches à empiéter sur ma vie privée, Amy, et tu n'en as pas le droit.

Peu de temps après, Amy décida d'accepter une invitation chez des amis à Paris. En un clin d'œil, elle eut emballé ses affaires et disparu. Le commentaire de ma mère fut bref :

– Amy est une charmante fille, dit-elle, mais qui a tout à apprendre, je le crains. Va-t-elle y arriver? Je me le demande.

Le jour de son départ, je suis entré dans la chambre d'Amy par curiosité. Elle avait besoin d'un bon coup de ménage. En regardant derrière la commode pour l'écarter du mur, j'ai trouvé, coincée derrière l'un de ses pieds, une vieille photo sur papier glacé, de la dimension d'une carte postale; elle représentait Bouselham en maillot de bain, sur la plage de Sidi Qanqouch. A mes yeux, la querelle entre ma mère et Amy a pris une dimension nouvelle. Pendant une minute, j'ai même regretté qu'elle soit partie; cela m'aurait amusé de voir ce que quelques questions bien placées auraient pu tirer de cette bouche pincée et précise. Avait-elle jeté son dévolu sur Bouselham pour elle-même? Ou bien, ma mère avait-elle interrompu une liaison déjà formée quand elle avait fait venir Bouselham dans la maison, pour y dormir avec elle.

L'histoire courait dans Tanger depuis de nombreux mois, quand je l'ai entendue pour la première fois, d'une Anglaise qui venait d'arriver. Elle ne pouvait donc savoir qu'il s'agissait de ma mère. La femme du colonel, me dit-elle, disparaissait tous les soirs dans des coins sombres du jardin pour y retrouver le jardinier marocain, un simple ouvrier, tout jeune encore. Quand le colonel en a eu assez de ce mic-mac, il est parti. Sur ce, son épouse avait tranquillement installé le jeune homme dans la maison, et s'était mise à vivre avec lui.

– Il paraît même qu'elle lui a offert une voiture de course, ajouta-t-elle, en faisait mine d'éclater de rire.

– C'est probable, lui ai-je répondu.

En effet, le comportement de ma mère s'est modifié durant le séjour de Bouselham. Elle lui a réellement acheté une Porsche décapotable d'occasion – ce qui ne lui ressemble guère. Elle est devenue distraite et comme absente, indifférente à tout ce qui était sa vie auparavant. Quand j'ai suggéré que je pourrais déménager et louer un appartement en ville, elle s'est contentée de hausser les sourcils.

– Tu viendras dîner deux fois par semaine, a-t-elle répondu.

Il fallut une histoire longue et compliquée, qui concernait la sœur de Bouselham, pour que ma mère finisse par s'en séparer. Lorsqu'elle eut vérifié tous les détails, elle prit instantanément la décision de se défaire de lui. Mais le moyen qu'elle choisit était si radical, qu'il en devenait risible. Maman a vécu de nombreuses années dans ce pays, la part prise par Bouselham dans ces événements n'aurait pas dû l'affecter autant, surtout qu'ils étaient sans rapport avec elle. Pour moi, ce qu'il a fait me semble tout naturel; mais il faut se rappeler que je suis né ici. C'est Bouselham lui-même qui m'a appris l'histoire, peu après que j'eus quitté la maison et pris un appartement en ville.

J'avais dîné au-dehors et j'étais rentré chez moi à pied. Un orage approchait, venant du détroit. Bientôt, la grêle se mit à tambouriner contre les fenêtres. A la suite d'un éclair plus vif que les autres, il y eut une panne d'électricité. Je sortis une lampe de poche, allumai quelques bougies et restai un moment debout devant la cheminée. L'orage fit un tour et revint, tandis que la pluie redoublait de violence. Au milieu du vacarme, on frappa à la porte; j'ouvris et trouvai Bouselham sur le seuil, trempé.

Il avait l'air aussi impétueux et content de lui que jamais, malgré la pluie qui ruisselait sur son visage. Aussitôt, il retira ses chaussures et ses chaussettes et s'accroupit devant la cheminée, le plus près possible des flammes, tandis qu'il me parlait. Chaque jour, me dit-il, il voyait un avocat de ses amis qui le conseillait.

– Dans quel but? lui dis-je.

Évitant de me répondre, il pivota sur ses talons, de

façon à me faire face, et me demanda si je pourrais lui prêter dix mille francs. L'avocat en avait besoin pour faire des photocopies et pour faire viser des documents par le notaire. Ses honoraires viendraient plus tard, en fonction des résultats obtenus. Dès que j'ai consenti à lui prêter l'argent, il s'est mis à me raconter son histoire.

Un riche commerçant de la médina avait pour habitude de fréquenter un café aux confins de la ville, pour y profiter des plaisirs de fin de journée. Ce café avait une vue dominante sur trois directions différentes, et il pouvait y voir des centaines de gens qui circulaient sur les routes, proches ou lointaines. Chaque jour, tôt ou tard, une jeune fille passait avec une femme plus âgée qui portait un panier. Il s'installait à une table en terrasse, face à la rue le long de laquelle elles arrivaient, de sorte qu'il les voyait de loin et regardait la jeune fille s'approcher.

Chaque jour, il remarquait ses yeux qui passaient en revue les clients, jusqu'à ce qu'ils l'aient distingué des autres. Ensuite, elle ne donnait plus aucun signe de reconnaissance.

Depuis combien d'années n'ai-je pas vu de pareille beauté? soupirait-il. Il discernait les deux silhouettes au loin, marchant sur la route bordée d'eucalyptus, bien avant que la jeune fille puisse le voir, car elles avançaient vers la lumière du couchant. Venait l'instant où elle l'avait aperçu et, aussitôt, elle baissait la tête. Le riche marchand continuait de la couver des yeux tandis qu'elle se rapprochait. On eût dit qu'elle dansait, tant sa démarche était légère et, quand elle passait, parfois si proche de lui qu'il eût suffi de tendre le bras pour toucher sa djellaba, il s'exaspérait de ne pouvoir lui parler.

Peut-être qu'un jour, ils la laisseront sortir seule, pensait-il, et il prenait patience.

Enfin, un jour, il la vit arriver sans la duègne, portant elle-même le panier. Ah! se dit-il tout bas, en se frottant le bout des doigts. Il appela le garçon et régla l'addition. Puis, il resta calmement assis jusqu'à ce qu'elle eût passé. Lorsqu'elle eut tourné au coin de la rue, il se leva et commença de la suivre.

Quand il la rattrapa, elle était déjà dans une autre rue.

– Puis-je vous conduire quelque part? lui demanda-t-il.

– Vous pouvez me ramener chez moi, si vous voulez.

Ce n'était pas ce que le riche marchand avait envie d'entendre. Cependant, il l'emmena vers sa voiture qui était garée dans les parages.

J'apportai à Bouselham une tasse de café. Il la but à petites gorgées, toujours accroupi devant le feu; pendant plusieurs minutes, il ne dit rien. Puis, ayant renoncé à ses façons de conteur, il continua son récit sur un ton familier, comme s'il récapitulait une histoire que je connaissais déjà.

– Voilà, en sortant d'un bacal, j'ai vu une Mercedes garée un peu plus loin. Et il ne faut pas croire qu'elle avait des plaques belges. Non, c'était une Mercedes marocaine et ça, cela sent l'argent! Je la regardais toujours, quand tout d'un coup, la porte s'est ouverte et je n'en crus pas mes yeux : c'était ma sœur qui sortait de la voiture et s'en allait en courant! Elle m'avait aperçu, mais elle croyait que je ne l'avais pas vue. Ma première idée a été de la suivre et de la tuer. J'étais encore là, quand la voiture est repartie. Mais je n'ai pas eu le temps de regarder l'homme qui la conduisait ou de prendre le numéro.

– Quel était l'intérêt de faire ça, si ensuite tu l'avais tuée?

Je posai ma question machinalement, mais je savais

que pour lui, ce n'était qu'une remarque d'Européen, tout à fait dépourvue de sens. A ma surprise, cependant, il eut un petit rire et me répondit :

– Je ne suis pas si bête! Mais j'ai eu pitié d'elle quand même, ce soir-là, lorsque je l'ai tenue entre quatre-z-yeux et que j'ai vu combien elle avait peur. Je t'ai vue sortir de la voiture, je lui ai dit. Et après, j'ai ajouté : Tu dis qu'il est toujours au café *Dakhla.* Demain, tu vas me montrer lequel c'est. Quand tu passeras devant lui, tu vas tousser.

Et c'est ce qu'elle a fait. Alors, quand il a quitté le café, je l'ai suivi et je l'ai vu monter dans sa Mercedes. Je l'ai regardé démarrer et j'ai pensé : Peut-être... peut-être, Inch'Allah!

Lorsque Bouselham eut identifié l'homme, grâce à ses plaques d'immatriculation, il a commencé une enquête, d'abord auprès du qahouaji dans le café, puis, après avoir fait quelques progrès, en posant des questions à différents commerçants et propriétaires de bazars.

– J'en sais plus long sur lui que sa propre mère, me dit Bouselham. La moitié de l'usine textile de la place Mozart lui appartient, plus un immeuble sur le boulevard de Paris. Et trois bazars. Quand j'ai su tout cela, un soir, en rentrant, j'ai emmené ma sœur sur la terrasse du toit où nous pouvions parler tranquilles, et je lui ai dit :

– Alors, il te plaît, ce Qasri?

Elle s'est mise à bégayer et à protester :

– Je ne le connais même pas. Comment veux-tu que je dise s'il me plaît?

Cela m'a mis en colère et je l'ai attrapée par les épaules.

– Tu ne sais pas s'il te plaît, mais tu es entrée dans sa voiture et tu t'es assise à côté de lui. Qu'est-ce que cela veut dire?

Elle a cru que j'allais la frapper et elle s'est caché le visage dans les mains en reculant. J'avais le droit de la battre, bien sûr. Mais je lui ai fait savoir que j'étais de son côté et que je n'avais pas l'intention d'en parler aux autres membres de la famille. Je lui ai même acheté des vêtements neufs le lendemain, pour donner à El Qasri une idée de l'allure qu'elle pourrait avoir, si elle voulait. Et j'ai décidé d'attendre et de voir si les choses s'arrangeaient d'elles-mêmes.

Il continuait à la poursuivre, et elle, à le faire attendre. Puis, mon père, ma mère et tout le reste de la famille sont partis pour Meknès; il n'y avait qu'elle et moi qui restions à la maison. Alors, j'ai pensé : Je vais aller coucher à Tétouan et l'on verra ce qui se passe. Je lui ai dit que je m'en allais et qu'il lui faudrait passer la nuit chez notre tante. Et je lui ai demandé de ne pas parler à nos parents de mon voyage à Tétouan; bien sûr, j'étais censé rester à la maison pour m'occuper d'elle. Mais je me disais : Si quelque chose doit arriver, c'est ce soir. Et j'avais raison. Je suis parti pour Tétouan, elle est allée chez lui et, peu de temps après, elle est venue me dire qu'elle croyait qu'il y avait un enfant dans son ventre.

Immédiatement, je l'ai emmenée à Gibraltar, au plus grand hôpital. Nous y sommes restés quatre jours, ils m'ont donné les résultats de tous les examens. Il n'y avait aucun doute : elle était enceinte.

Comme Bouselham n'avait rien de plus urgent à faire, il a continué à aller tous les jours dans le café du bout de la ville. Il s'est mis à parler avec le riche marchand, et même à nouer des relations d'amitié avec lui. Même après avoir ramené sa sœur de Gibraltar, et tandis que l'avocat mettait au point son projet, même après que celui-ci eut rendu visite au marchand pour lui dire que le seul moyen d'éviter un scandale était de demander la jeune fille en mariage, avant que sa famille n'apprenne la grossesse, – même alors, Bouselham restait tous les jours avec lui au café, à écouter les détails de ses amours compliquées.

– Elle a un frère, lui confia le riche marchand. C'est lui qui veut ma peau. Le fils de pute a tout découvert.

Alors Bouselham lui dit :

– Mais pourquoi fils de pute? Il vous permet de l'épouser. S'il voulait, il pourrait vous faire mettre en prison dès aujourd'hui. Êtes-vous fou? La fille était vierge.

– C'est vrai, reconnut le marchand.

Moins d'une semaine plus tard, il demandait la main de sa fille au père de Bouselham.

Lorsqu'il eut fini son histoire, j'ai baissé le regard vers la cheminée pour essayer de voir l'expression qu'il avait, mais sa tête se détachait en profil contre les flammes et il n'y avait que deux bougies pour éclairer la pièce.

– Il n'aimera pas beaucoup cela, quand il apprendra que c'est toi, le frère.

– Pas maintenant, me dit-il en riant. Un jour...

J'ai apporté une nouvelle bûche; sur ce, il s'est enfin levé.

Bouselham ne s'est pas caché du rôle douteux qu'il avait joué dans le mariage de sa sœur. Au contraire, il en discutait longuement avec ses amis marocains. Pour lui, c'était une simple question d'affaire, dont la réussite lui causait une légitime fierté. Ainsi, différentes versions un peu tronquées de l'histoire se mirent à circuler dans Tanger. Elles vinrent aux oreilles de ma mère, mais celle-ci n'en tint pas compte, n'y voyant que des ragots mensongers, colportés par des envieux. Il fallut des mois après la visite de Bouselham à l'appartement pour que ma mère se rende à l'évidence et accepte la véracité de ces racontars. Et sa réaction fut tout à fait irrationnelle.

– Toute cette histoire est ignoble! me dit-elle. Je me suis débarrassée de lui.

Elle lui avait signifié son congé de façon sommaire, sans en offrir la moindre explication, en exigeant qu'il quitte les lieux sur-le-champ, après lui avoir tendu une somme d'argent. Deux jours plus tard, elle était partie pour l'Italie. Pour moi, il est clair qu'elle craignait un chantage, mais qu'elle avait honte de se l'avouer. Si elle avait pu exprimer ce sentiment, j'aurais tenté de la rassurer. Je crois que je comprends le caractère de Bouselham mieux qu'elle ne l'a compris.

Le jour où il m'a appelé de l'intérieur du café *Raqassa*, je ne l'avais pas vu depuis plusieurs semaines. Nous étions assis au fond de la salle, dans un coin sombre qui sentait le ciment humide et la fumée de charbon de bois. Bouselham me dit quelques mots au sujet de ma mère en hochant la tête avec regret. Il dit seulement qu'il avait perdu sa place de jardinier quand Madame était partie. Il se rendait compte qu'il avait dû l'offenser, d'une manière ou d'une autre, mais le comportement arbitraire de ma mère l'avait surpris et attristé. Pour autant qu'il le sache, on l'avait mis à la porte sans le moindre motif. Cependant, au moment de prendre congé, il ajouta : Quand vous écrirez à Madame, dites-lui que Bouselham lui envoie ses salutations.

Je n'ai pas fait suivre ce message, ni aucun autre de sa part. Ma mère a vendu la maison, sans jamais revenir à Tanger, et il me semblait qu'elle devait être bien assez malheureuse là-bas, en Italie, auprès de mon père, sans recevoir de moi des souvenirs de Bouselham.

# LE FQIH

PAR un après-midi de plein été, un chien traversa le village en courant et s'arrêta juste assez de temps pour mordre un jeune homme dans la grand-rue. La blessure n'était pas profonde. Le jeune homme alla se laver à une fontaine voisine et n'y pensa plus. Mais plusieurs personnes qui avaient assisté à la scène en parlèrent à son frère cadet.

– Il faut l'emmener voir un médecin en ville, lui conseillèrent-ils.

Mais le blessé se contenta de rire, quand son cadet rentra et le lui suggéra. Le lendemain, en passant au village, celui-ci décida d'aller consulter le fqih. Il trouva ce vieillard assis à l'ombre du figuier dans la cour de la mosquée. Après lui avoir baisé la main, il lui dit qu'un chien inconnu avait mordu son frère et s'était enfui.

– C'est très mauvais, cela, dit le fqih. Avez-vous une étable où tu pourrais l'enfermer? Mets-le là, laisse-le dedans, et n'oublie pas de lui attacher les mains derrière le dos. Personne ne doit approcher de lui, tu comprends?

Le jeune garçon remercia le fqih et rentra chez lui. En chemin, il résolut de couvrir un marteau d'étoupe et d'en frapper son frère à la base du crâne. Il savait que leur mère ne consentirait jamais à voir son fils traité de la sorte. Il faudrait donc agir en son absence.

Ce soir-là, pendant que la mère était dehors près du puits, il se glissa subrepticement derrière son frère et le frappa avec le marteau jusqu'à ce qu'il tombe à terre. Puis il lui lia les mains dans le dos et le traîna vers l'appentis adossé à la maison. Il le laissa étendu par terre et s'en alla, cadenassant la porte derrière lui.

Quand le prisonnier reprit conscience, il se mit à hurler et à faire un grand chahut.

– Vite, vite! Va voir ce qui arrive à Mohammed, ordonna la mère.

– Je sais ce qu'il a, répondit simplement le fils. Un chien l'a mordu et le fqih a dit qu'il fallait l'enfermer.

La mère commença à s'arracher les cheveux, à se lacérer le visage de ses ongles et à se frapper la poitrine. Le jeune garçon essaya de la calmer, mais elle le repoussa et courut à l'appentis. Elle colla l'oreille à la porte. Derrière, elle n'entendait que les halètements de son aîné qui essayait de se détacher les mains. Elle tambourina et cria son nom, mais il continuait à se débattre, le visage dans la poussière, et ne répondit pas. Enfin, le cadet la persuada de retourner à la maison. C'était écrit, lui dit-il.

Le lendemain matin, la femme s'en alla au village à califourchon sur son âne, pour voir le fqih. Celui-ci était parti le matin même rendre visite à sa sœur à Rhafsaï et personne ne savait quand il rentrerait. Elle acheta du pain et se mit en route pour Rhafsaï avec un groupe de villageois qui se rendaient à un souk de la région. Le soir, elle coucha au souk et le lendemain matin, à l'aube, elle reprit son voyage avec de nouveaux compagnons.

Tous les jours, le jeune frère jetait de la nourriture dans l'appentis par la grille de la petite lucarne au-dessus d'une des stalles. Le troisième jour, il lui lança aussi un couteau, afin qu'il puisse couper les cordes et se libérer les mains pour manger. Mais au bout d'un moment, il se dit que c'était imprudent : avec un peu de patience, Mohammed pouvait peut-être arriver à percer un passage dans la porte avec le couteau. Il menaça donc de ne plus lui apporter de nourriture, tant qu'il n'aurait pas renvoyé le couteau par la fenêtre.

A peine arrivée à Rhafsaï, la mère tomba malade. La famille avec laquelle elle avait fait le voyage, l'hébergea et la soigna; mais elle passa presque un mois couchée sur une paillasse avant de pouvoir se lever. A ce moment-là, le fqih était déjà de retour au village.

Enfin, elle se sentit assez bien pour repartir. Après deux journées passées à dos d'âne, elle arriva à la maison, épuisée. Son cadet l'accueillit.

– Et ton frère? demanda-t-elle, certaine qu'il était maintenant mort.

Le jeune garçon désigna du doigt l'appentis. Elle y courut et appela son fils à travers la porte.

– Trouve la clé et fais-moi sortir! cria-t-il.

– Je veux d'abord voir le fqih, aoulidi. Demain.

Le lendemain, elle se rendit au village, accompagnée de son cadet. Quand le fqih vit la vieille entrer dans la cour, il leva les yeux au ciel :

– Si ton fils est mort comme ça, c'était la volonté d'Allah.

– Il n'est pas mort, s'exclama-t-elle, mais il ne peut plus rester là où il est!

Le fqih resta abasourdi. Puis il dit :

– Mais laissez-le sortir! Allah a été miséricordieux!

Cependant, le jeune garçon supplia le fqih de venir ouvrir lui-même la porte. Ils se mirent donc en route, le fqih sur l'âne, la femme et son fils derrière, à pied. Quand ils arrivèrent à l'appentis, le fils tendit la clé au vieillard qui ouvrit la porte. Le frère aîné se précipita dehors, suivi d'une puanteur si forte que le fqih referma la porte.

Ils entrèrent dans la maison et la mère leur fit du thé. Tandis qu'ils buvaient, le fqih dit à l'aîné : Allah t'a épargné. Tu ne dois jamais te venger de ton frère. C'est sur mes ordres qu'il t'a enfermé.

– Jamais je ne lèverai la main sur lui, promit-il.

Pourtant, le cadet avait toujours peur, il n'osait pas regarder son frère. Quand le fqih repartit, il l'accompagna jusqu'au village pour ramener l'âne. En chemin, il avoua au vieux : J'ai peur de Mohammed!

Le fqih en fut mécontent.

– C'est ton frère aîné. Tu l'as entendu jurer de ne pas te toucher.

Ce soir-là, pendant le repas, la femme s'approcha du foyer pour faire le thé. Pour la première fois, le fils plus jeune leva les yeux sur son aîné. Il se sentit glacé de terreur : Mohammed avait soudain retroussé les lèvres, montrant toutes ses dents, et un étrange grondement était sorti de sa gorge. Pour lui, c'était une sorte de plaisanterie, mais son cadet y vit une signification tout autre.

Le fqih n'aurait jamais dû le laisser sortir, se dit-il. Maintenant, il va me mordre et je vais être malade comme lui. Et le fqih lui dira de m'enfermer dans l'étable.

Il n'eut plus le courage de regarder Mohammed. Toute la nuit, il se retourna dans le noir en y repensant sans trouver le sommeil. Tôt le matin, il partit pour le village afin de voir le fqih avant qu'il ne commence à enseigner au msid.

– Que se passe-t-il encore? demanda le fqih.

Quand son visiteur lui raconta ses craintes, le vieux rit.

– Mais il n'est pas malade! Il n'a jamais été malade, Allah en soit loué!

– Mais vous-même m'avez dit de l'enfermer, Sidi.

– Oui, oui, c'est vrai. Mais Allah a été miséricordieux. Maintenant, rentre chez toi et oublie tout cela. Ton frère ne te mordra pas.

Le jeune garçon remercia le fqih et s'en alla. Il traversa tout le village et continua sur le chemin qui menait à la grand-route. Le lendemain matin, il arrêta un camion qui l'emmena à Casablanca. Plus personne au village n'en entendit jamais parler.

# AHMED ET MADAME

A moins qu'il ne tombe une pluie violente, Mrs. Pritchard passait environ la moitié de sa journée dehors, à travailler dans son jardin. C'était un jardin fait pour être admiré, et non un endroit où l'on pourrait rester longtemps assis. Sa maison était bâtie au sommet d'une falaise qui dominait la mer ; les vents qui balayent le détroit de Gibraltar frappent ce lieu en premier, et de plein fouet. Lorsque Ahmed pensait à Madame dans le jardin, il la voyait avec sa jupe soulevée par la brise, la main sur les cheveux, essayant vainement de les tenir en place.

Le terrain partait en pente douce sur une centaine de mètres jusqu'à l'à-pic vertigineux et le jardin en terrasses l'occupait sur toute sa longueur. Sur certains niveaux, il y avait de longs bassins de mosaïque pleins de poissons rouges ; à d'autres, la terrasse était bordée par une tonnelle où étaient nichées de petites fontaines ; des poissons de marbre y crachaient l'eau dans les vasques.

Elle avait planté de façon à s'assurer de superbes fleurs toute l'année et elle tirait une grande fierté des transformations opérées sur l'ingrate et pauvre bande de terre. Or, depuis quelque temps, de grands buissons qu'elle avait importés d'Angleterre semblaient se porter assez mal et comme ils étaient en pleine vue de la maison, leur allure maladive la contrariait. Si des invités s'approchaient de la fenêtre, elle les suppliait de ne pas regarder.

Cette année, j'ai honte de mon jardin, expliquait-elle avec tristesse.

Ses amis compatissaient; la plupart lui conseillaient de changer de jardinier, ce qui l'ennuyait, car elle rechignait à l'idée de se séparer d'Ahmed. Il entretenait son jardin depuis onze ans, et elle n'aurait pu dire combien de centaines d'heures elle avait passées, accroupie à ses côtés, à manier les plantoirs et les sécateurs, tout en discutant les particularités de la vie des plantes. Elle sentait qu'ils se connaissaient et se comprenaient tous deux d'une façon intime et importante, même si Ahmed n'avait jamais appris à prononcer son nom. Pour lui elle était toujours Madame.

Un jour, elle arriva de la ville tout excitée et lui annonça qu'elle venait d'acheter un grand nombre de plantes magnifiques à un homme qui devait les lui livrer le lendemain avec son camion.

– Et il m'aidera à les planter, ajouta-t-elle.

Devant l'air blessé d'Ahmed, elle lui expliqua que ce service était compris dans le prix des plantes. Elles avaient coûté très cher, avoua-t-elle. Pourquoi ne pas profiter de l'aide offerte pour les mettre en terre? Ahmed était incapable d'entrer dans cette logique.

– Oui, Madame, dit-il; et ce fut tout.

Le matin suivant, un homme corpulent en complet-veston gris apparut au côté de Madame en haut du jardin. Ils causaient et de temps à autre, ils désignaient quelque chose du doigt. De la terrasse en dessous, Ahmed scruta le visage de l'homme et reconnut le jardinier en chef de la municipalité. Un peu plus tard, en revenant de la cabane à outils, il réussit à passer assez près pour reconnaître la provenance des nouvelles plantes : elles venaient du jardin municipal. Son premier mouvement fut d'aller trouver Madame pour lui révéler qu'elle avait acheté des marchandises volées, mais à la réflexion, il se ravisa, car il avait observé, pendant les longues années passées au service de Madame, que si un Marocain lui disait du mal d'un autre Marocain, elle prenait automatiquement le parti de l'accusé contre l'accusateur. Le moment venu, il pourrait faire bon usage de ce qu'il savait au sujet des plantes.

Un deuxième homme déchargeait le camion et apportait le restant des pots qu'il installait en rangées sur la terrasse du haut. Madame disait au gros type : Celles-ci sont à mettre le long du mur, celles-là dans le massif circulaire; quant aux tubéreuses, je pense qu'il faudrait les mettre tout au bout de ce sentier, à l'écart.

– Je connais les plantes, Madame, je sais où les mettre, lui rétorqua l'homme. Vous verrez.

– Attendez! s'écria-t-elle nerveusement, regardant autour d'elle comme si elle cherchait de l'aide. Je vous envoie mon jardinier.

L'homme repoussa cette proposition.

– Non, non! Mon assistant et moi, nous ferons tout. Nous choisirons les meilleures places. Laissez-moi faire.

Mrs. Pritchard sembla soudain se flétrir. Elle pivota sur elle-même et rentra dans la maison.

Le voleur avait pris le jardin en charge, ne permettant pas même à Madame de décider où elle voulait planter. A genoux sur la terrasse du bas, Ahmed observait les deux hommes. Ils mettaient les pieds en terre à la hâte, sans soin ni précautions. Quand ils eurent fini, ils se mirent à marcher de long en large sur les deux terrasses du haut, tout en examinant les fleurs. Il essaya d'écouter ce qu'ils disaient, mais ils parlaient trop bas. En les voyant s'arrêter un long moment devant l'hibiscus géant que Madame avait rapporté de Hawaii, il lui vint l'idée que le gros homme trouverait un prétexte pour revenir un autre jour.

Après le départ du camion, Madame sortit de la maison et appela Ahmed. Ensemble, ils contemplèrent le travail bâclé. Madame rit.

– Cela ne fait rien. Nous pourrons les transplanter plus tard. Donne-leur beaucoup d'eau.

Il jeta un coup d'œil indifférent sur la rangée d'agapanthes. Mais quand elle mentionna leur prix, il s'indigna :

– Vous auriez pu acheter des bulbes, lui reprocha-t-il.

– Mais je n'aurais pas eu de fleurs avant l'an prochain.

Ce soir-là, Johara, la cuisinière noire, l'arrêta alors qu'il passait devant la cuisine.

– Sais-tu ce que ce type était en train de dire à Madame? Il lui a dit que tu n'étais pas un vrai jardinier, qu'elle ferait bien de se débarrasser de toi et de l'engager à ta place.

– C'est un criminel! hurla Ahmed.

Dans la cabane où il vivait derrière les serres, Ahmed s'assit pour réfléchir. Il fallait trouver moyen de garder son travail et de sauver le jardin. Il revit les visiteurs près du buisson d'hibiscus, leur façon d'en détailler les mérites. S'ils viennent travailler ici, pensa-t-il, ils vont à coup sûr, et délibérément, dépouiller le jardin de ses plantes les plus précieuses.

Persuadé qu'il agissait en partie dans l'intérêt de Madame, il se sentit moins coupable de ce qu'il comptait faire. Son projet était simple. Il attendit longtemps après avoir vu s'éteindre toutes les lumières dans la maison principale. Puis il prit un grand sac de jute avec un bon couteau et sortit sans bruit dans le jardin : au bout de la première terrasse, il s'agenouilla parmi les plantes qui venaient d'être mises en terre. L'une après l'autre, il les arracha, sectionna leurs racines ou tubercules d'un coup vif de sa lame et les replanta soigneusement à la même place. Lorsqu'il rapporta le sac dans sa chambre, il était plein de racines et de bulbes. Dans son mijmah, il fit un feu et les laissa se consumer jusqu'à les rendre méconnaissables. Puis il alla les disperser sur le tas de compost et revint se mettre au lit.

Le lendemain matin, Madame sortit pour regarder les nouveaux plants.

– Ils sont très jolis, dit-elle à Ahmed. Il faut les arroser un à un avec l'arrosoir, et avant que le soleil ne les frappe. Verse un peu d'eau autour de chaque tige, qu'elles boivent bien.

Elle resta un certain temps à surveiller le travail d'Ahmed; celui-ci observait un silence rancunier. Puis, apparemment satisfaite, elle regagna la maison. Depuis des années, elle avait cessé de s'installer ainsi à côté de lui pour voir s'il suivait ses ordres. Il comprit que le venin du gros type avait fait son chemin; elle songeait toujours à lui confier l'entretien du jardin, malgré le mépris qu'il affichait pour elle et ses désirs.

Vers midi, quelques-unes des fleurs commencèrent à perdre de leur fraîcheur. Ahmed le remarqua en passant près d'elles, mais il décida de permettre au soleil de continuer son œuvre destructrice et de remettre au soir le moment de faire son rapport.

Madame lui fit remarquer d'elle-même l'aspect fané des repiquages. Elle l'appela, et Ahmed remonta du fond du jardin.

– C'est bizarre, dit-elle, en hochant la tête d'un air perplexe.

Comme elle tirait sur une feuille, la plante tomba de tout son long, simple tige desséchée et sans racine. Elle saisit la plante voisine et la souleva.

– Ahmed! s'écria-t-elle. Ce ne sont que des tiges, fichées dans le sol. Ce ne sont pas de vraies plantes qui poussent!

Il posa un regard attentif sur les deux plants, puis il arrondit les yeux vers elle, plein de pitié. Le vent rabattait ses cheveux au travers de son visage; elle semblait au bord des larmes.

– Elles étaient si belles, dit-elle.

Ensemble, ils passèrent au crible les agapanthes, les tubéreuses.

– Le sale porc! s'exclama Madame. Ce n'est pas pour rien qu'il voulait m'éloigner pendant qu'il les plantait.

Soudain, son regard se fixa sur Ahmed :

– Il doit revenir. Il a promis de m'apporter des rosiers.

– Il n'osera pas se montrer après ce qu'il a fait, affirma Ahmed.

Madame eut l'air encore plus désemparée : Quand je pense, commença-t-elle. Mais elle se reprit; peu de minutes auparavant, elle envisageait la possibilité de remercier Ahmed et de prendre cet individu à son service. Un projet aussi déloyal était impossible à avouer. Ahmed, qui savait ce qu'elle était sur le point de dire, eut un sourire sardonique.

– S'il revient, ne le laissez pas entrer. Ne lui parlez même pas. Appelez-moi et je m'en occuperai.

– Oui, je préfère cela. Je ne veux plus revoir sa tête, il me répugne.

Le vent souffla, les plantes mortes furent déversées sur le tas de compost, l'incident scandaleux était clos, on n'en parlait plus. Mais Ahmed était certain que l'homme allait revenir.

Un jour, son pressentiment se réalisa. Johara vint le retrouver à la cabane à outils pour annoncer que l'homme méchant était devant la porte et que Madame était très nerveuse.

Ahmed enfila sa djellaba et s'approcha de la porte d'entrée. Il l'ouvrit, fixa l'homme d'un regard grave et déclama, comme s'il répétait un ordre appris par cœur :

– Madame a dit de te dire qu'elle sait où tu as trouvé les fleurs et de ne pas revenir ici, à moins que tu ne désires t'expliquer avec la police.

Puis il ferma la porte et écouta le camion s'éloigner. Madame attendait dans le hall d'entrée.

– Il est parti, lui dit-il.

– Ahmed, qu'est-ce que je deviendrais, sans toi? Que lui as-tu dit? ajouta-t-elle en le regardant et en secouant la tête.

– Je lui ai dit qu'un vrai musulman aurait honte de jouer des tours à une femme qui n'a pas de mari.

Mrs. Pritchard réfléchit un instant.

– C'était sûrement la chose qu'il fallait dire. Si je lui avais parlé, moi, je l'aurais insulté, je le crains. Après quoi, j'aurais eu la migraine toute la soirée. Je te suis très reconnaissante.

Toujours mal à son aise d'avoir trompé sa patronne, et se sentant coupable en outre d'avoir détruit autant de plantes magnifiques, si coûteuses et en parfaite santé, il trouva un soulagement à dire : Tout le monde joue des tours de nos jours, Madame. Tout le monde.

C'était, pour lui, l'aveu apaisant de ses propres méfaits. Mais elle y vit une allusion personnelle.

– Je ne le ferai plus, je te le promets, avança-t-elle.

Il lui lança un regard d'approbation et se tourna vers la porte.

– Vous avez raison, Madame, lui dit-il. Ne croyez jamais personne.

# L'ÉCHELLE ET LES CINQ SOUTINE

MONSIEUR Ducros, seul à Paris, était assis dans sa vaste chambre d'hôtel, où il se disposait à rédiger une lettre pour sa fille à Kuala Lumpur. Il fronça les sourcils en considérant le papier à lettres sur lequel l'adresse de l'établissement était maintenant imprimée, au lieu d'être gravée comme elle l'était lors de ses précédentes visites.

Signe des temps! pensa-t-il instinctivement. Cette pauvreté, qui gagne du terrain de tous côtés.

Puis il contempla le plâtre qui lui immobilisait la jambe, eut un bref sourire en le regardant, et se mit à écrire.

Ma chère Clothilde,

J'espère que mon silence inhabituel ne t'a pas inquiétée. En général je suis bon correspondant, avoue-le. Je ne peux pas croire que Kuala Lumpur ait beaucoup changé depuis 1965. Comme tu le sais, ce fut là mon dernier poste. Je suis heureux d'apprendre que Abd er Rahman et sa femme y sont encore; on ne sait jamais... J'ai passé mon quatre-vingt-cinquième anniversaire paisiblement à Tanger.

Dans un instant, tu verras ce que j'entends par « paisiblement ».

Ce que la vie peut être ironique, parfois! Qu'est-ce que je faisais là, debout sur le haut de l'escabeau, dans la bibliothèque, un dimanche matin? On peut se le demander. Moi-même, je me le suis demandé, mais beaucoup trop tard.

Quand j'ai senti que l'échelle basculait (car c'est là que tout a commencé) et que j'ai vu la chute inévitable, j'ai pensé à plusieurs choses à la fois : que rien n'était achevé; qu'il fallait être idiot pour grimper là-haut; que les gens s'imagineraient que j'étais saoul, ou que j'avais été victime d'une agression (deux hypothèses capables, l'une comme l'autre, d'entamer une réputation posthume, dans cette ville perverse où, comme tu le sais, personne ne pense de bien de quiconque). Par-dessus tout le reste, j'avais la certitude que rien ne s'arrangerait comme il faut et qu'en fin de compte, toi et Pierrot vous perdriez El Hafa. En effet, ma fille, je croyais ma fin certaine. Ensuite ma jambe s'est prise dans l'échelle qui s'effondrait; il y eut un grand fracas et je restai là, avec les tempes qui battaient et ma jambe cassée au-dessus du genou, je n'en doutais pas. Par chance, le grand tapis de Chichaoua se trouvait là, sinon j'aurais heurté le marbre. J'appelai Annamaria pendant une éternité. A la longue, elle est arrivée prétendant que le vent secouait les persiennes si fort, qu'elle ne m'avait pas entendu plus tôt. Il est vrai que sa chambre donne au nord-est et que dehors les rafales étaient violentes. Mais pourtant – Je lui dis d'envoyer Abdeslam à pied, à la clinique du docteur Rinaldi (le téléphone était en dérangement depuis plus de trois semaines). Rinaldi est venu. Le fémur était fracturé. Il a vu l'escabeau devant les étagères, il m'a regardé d'un air de reproche, et me voilà parti à la clinique, la jambe en traction pour un temps interminable. En réalité cela n'a duré que six semaines...

## II

– J'ai absolument besoin d'aller à Paris, dit monsieur Ducros, le regard fixé sur son plâtre. Comme vous le constatez, je me débrouille maintenant, avec ma canne.

Le docteur Rinaldi haussa les épaules.

– La chance vous a favorisé jusqu'ici. Pourquoi cela changerait-il?

Ils étaient assis en train de boire leur whisky à petites gorgées dans la bibliothèque où l'accident s'était produit. Au bout d'un moment d'hésitation, le docteur Rinaldi demanda à son hôte ce qu'il en était de la rumeur, selon laquelle il avait l'intention de vendre El Hafa.

Monsieur Ducros se hérissa.

– Mais quelle idée : Certainement pas! Je n'ai pas la moindre intention de vendre. Ce Saoudien s'y intéresse, je le sais, et il est prêt à faire une offre généreuse. Mais je tiens à ce que ma fille et son mari aient la propriété après ma mort. J'ai passé toutes mes années de retraite dans cette maison et tout ce que je possède s'y trouve réuni.

Le docteur Rinaldi jeta autour de lui un regard approbateur.

– Vous avez de bien belles choses. C'est surprenant à quel point les objets japonais, tibétains, khmers et persans peuvent se mêler harmonieusement dans une même pièce.

– Pas si l'on y pense vraiment, dit monsieur Ducros, sans développer son idée. En réalité, je ne veux renoncer à rien. Vous comprenez. Avec tous ces souvenirs autour de moi, c'est comme si j'étais encore là-bas, en Extrême-Orient. J'aime bien ma petite vie et, vous pouvez me croire, je n'ai aucune intention de l'interrompre en vendant El Hafa.

Après quelques minutes, le docteur Rinaldi tourna la tête vers lui : Il y a une chose que je voudrais bien savoir... Ces peintures au bout du couloir? Je n'ai pas pu m'empêcher de les remarquer.

Monsieur Ducros eut un rire étouffé.

– Oui, elles jurent avec le reste, je le sais. Mais on ne les voit pas beaucoup. Je veille à ce qu'il fasse un peu sombre dans ce coin. C'est madame Ducros qui les a achetées, peu après la Première Guerre mondiale. Pour moi, elles ne me disent absolument rien, je le reconnais. On m'a raconté qu'elles avaient une certaine valeur, mais je ne prends pas cela trop au sérieux. Je les ai gardées, parce que ma femme les aimait tant.

Un Marocain en veste blanche annonça que le dîner était servi. Le docteur Rinaldi passa sa canne à monsieur Ducros et ils se levèrent.

A table, monsieur Ducros désigna les carafes et dit : Le vin blanc est simplement du Valpierre. Le rouge est un assez bon bordeaux. As-tu monté le plateau de mademoiselle Herzler, Abdeslam?

Lorsqu'ils se retrouvèrent seuls dans la salle à manger, il reprit sur un ton de confidence : Ma secrétaire tient à prendre ses repas à l'écart, dans sa chambre. Je crois qu'elle n'est pas très heureuse ici. Le vent lui déplaît souverainement. Elle est suisse, ajouta-t-il, en guise d'explication.

Occupé à décortiquer sa sole meunière, le docteur Rinaldi ne répondit pas. Bientôt, il releva la tête et dit d'un ton pénétré : Je vous soupçonne de sous-estimer de façon importante la valeur de ces toiles. Puis-je vous demander le prix auquel vous pensez pouvoir les vendre sur le marché actuel?

Monsieur Ducros s'arrêta de manger un instant et réfléchit.

– Je n'en ai pas la moindre idée, répondit-il.

– Rien que pour les cinq Soutine, je peux vous trouver deux millions de francs français, dès demain.

En disant cela, il regardait fixement son hôte, comme pour étudier ses réactions. Il vit briller dans ses yeux une brève lueur d'intérêt, aussitôt suivie d'incrédulité.

– C'est ridicule. Ce ne sont tout de même pas des Titien!

– Je parle sérieusement.

Monsieur Ducros ne répondit rien. Puis il soupira.

– Même si votre estimation était plus raisonnable que je ne l'imagine, et au cas où je voudrais m'en défaire, à quoi cela pourrait-il servir? L'argent ne me serait d'aucune utilité ici, et je ne pourrais pas le sortir du Maroc.

– Voyons, dit le Docteur, il y a des moyens, pour cela, vous le savez.

– Non, merci, lui répliqua monsieur Ducros, d'un ton ferme. La loi est en général illogique, et souvent injuste, mais je ne suis pas du genre à l'enfreindre.

– Mon ami, cette réaction vous honore. Mais – bien que je les approuve – vos principes appartiennent à une ère révolue.

– Dans mon expérience, celui qui respecte la loi a choisi la voie raisonnable.

– Ah, mais combien il est humain, hélas, d'agir de façon déraisonnable!

Monsieur Ducros jeta un regard en coulisse vers son hôte : il le soupçonnait de faire là une allusion voilée à son accident. Le docteur l'avait déjà chapitré à ce propos avec insistance. Comment avait-il pu se mettre dans une situation aussi absurde? A quoi servaient donc les domestiques, si ce n'est à grimper aux échelles? Il n'avait pas mentionné le grand âge de monsieur Ducros, mais la teneur sévère de ses propos infirmait sa discrétion sur ce point. Monsieur Ducros avait reconnu le ton comminatoire; depuis son quatre-vingtième anniversaire, tous ses médecins en avaient usé avec lui.

La conversation dériva vers d'autres sujets. Mais plus tard, tandis qu'ils prenaient le café et l'armagnac dans le bureau, monsieur Ducros se tourna vers son invité l'air perplexe.

– Pour revenir un instant à ces tableaux, je serais curieux de savoir comment votre acheteur se serait débrouillé pour les sortir du pays?

– La question ne se serait pas posée, lui dit le docteur. Un collectionneur américain est en train de se construire une maison à Marrakech. Pourquoi? Êtes-vous tenté?

Monsieur Ducros secoua la tête! Non, non! pas le moins du monde.

## III

Leur prochaine rencontre, moins de huit jours plus tard, fut inattendue et agitée. Au beau milieu de l'après-midi d'un jour de semaine, un chauffeur de taxi déposa monsieur Ducros à la clinique du docteur Rinaldi dans un état proche de l'apoplexie. Son plâtre, grand ouvert sur toute sa longueur, laissait exposées des bribes de gaze déchirée qui s'étiraient dans tous les sens.

Voyant que monsieur Ducros n'était pas à même de lui répondre, le docteur Rinaldi interrogea le chauffeur.

– A-t-il été renversé par une voiture?

Le chauffeur ne savait pas. Un fonctionnaire de l'aéroport l'avait appelé et lui avait donné pour instruction de ramener le patient à son domicile; mais en cours de route, le vieux monsieur avait exigé d'être conduit à la clinique.

Monsieur Ducros fut installé dans un lit et on lui fit une piqûre. Plus tard dans la soirée, après un sommeil forcé de plusieurs heures, il était assez reposé pour pouvoir raconter son histoire au docteur.

Abdeslam l'avait conduit à l'aéroport, où il l'avait laissé, après avoir remis ses bagages au porteur. L'avion de Paris était arrivé. Tandis que l'on examinait son passeport, un homme surgit brusquement et lui demanda de l'accompagner dans un bureau à l'écart du public. Là, cet homme et deux autres fonctionnaires l'obligèrent à se déshabiller. Non contents de cela, ils avaient refusé de croire qu'il avait la jambe cassée et ils l'avaient maintenu de force, pendant qu'ils brisaient le plâtre et mettaient l'intérieur en charpie, pour le fouiller à la recherche de billets de banque.

– C'est à cause de cette rumeur! Ils ont eu le culot de me dire qu'ils agissaient en fonction d'une information confidentielle selon laquelle j'aurais vendu El Hafa.

Le docteur Rinaldi se montra scandalisé par ce récit.

– C'est inouï! Il faut immédiatement en informer Herbier, au consulat.

– Je vais leur faire un procès en dommages et intérêts! s'écria monsieur Ducros d'une voix chevrotante.

– Mon pauvre ami, vous n'en obtiendriez qu'un immense zéro. Vous habitez dans ce pays depuis assez de temps pour le savoir. Non, tout ce que vous pouvez faire est d'accepter ce qui s'est passé, mettre un plâtre neuf et recommencer votre voyage.

Monsieur Ducros ferma les yeux un instant, puis il les rouvrit.

– Vous pouvez m'aider, dit-il.

– Bien sûr. Je suis votre médecin, je peux certifier de l'authenticité de la fracture. Peut-être voudraient-ils que je leur fournisse la radiographie en plus, ajouta-t-il d'un ton acide.

Monsieur Ducros n'avait pas l'air d'écouter. Il regardait le plafond.

– Oui, répéta-t-il. Vous pourriez m'aider.

Le docteur Rinaldi décida que l'heure était venue pour le malade de se reposer.

– Vous pouvez compter sur moi, dit-il.

Le lendemain, il entra dans la chambre et annonça qu'il était prêt à refaire le plâtre. Son patient le refoula du geste : Non, non, fit-il, je n'en veux pas.

– Mais vous ne pouvez pas marcher sans plâtre! Vous en avez absolument besoin.

– Je ne marcherai pas. Je resterai au lit chez moi, jusqu'à ce que vous veniez me le faire.

– Comme vous voulez, répondit brièvement le docteur Rinaldi. Il avait l'impression de faire une bêtise en se prêtant au caprice d'un vieil homme déraisonnable.

– Abdeslam pourra me ramener cette après-midi. Voulez-vous passer à cinq heures?

Une idée traversa l'esprit du docteur : peut-être

l'expérience vécue à l'aéroport avait-elle provoqué une subtile lésion du cerveau? On ne sait quel trouble semblait avoir modifié très légèrement la personnalité de monsieur Ducros.

– Il ne faut pas vous servir de votre jambe, dit-il, les sourcils froncés. Pas même pour faire le tour de votre chambre. Nous sommes bien d'accord?

## IV

A El Hafa, le docteur Rinaldi trouva son patient, le haut du corps appuyé contre ses oreillers, dans un immense lit ancien; les rideaux en soie damassée accrochés au baldaquin le masquaient presque entièrement à la vue.

– J'ai suivi vos ordres à la lettre, s'écria-t-il, avant même que le docteur et son assistant aient pu franchir le seuil de la chambre.

Le docteur Rinaldi se mit à rire.

– Quand pensez-vous exécuter votre prochaine tentative d'évasion?

– Je n'y ai pas encore songé, répondit monsieur Ducros. Puis-je avoir cinq minutes de conversation avec vous en particulier?

Le docteur Rinaldi dit quelques mots au Marocain, qui quitta la pièce. Lorsqu'ils furent seuls, monsieur Ducros se pencha en avant et fit signe à l'autre d'approcher.

– Je vais vous expliquer, chuchota-t-il. Voyez-vous, je ne veux pas que vous mettiez le plâtre aujourd'hui. Je voulais simplement que vous passiez. Et j'ai décidé de vendre ces peintures, si vous arrivez à joindre cet Américain.

L'assemblage d'idées aussi disparates confirma les soupçons antérieurs du docteur Rinaldi; il y vit le signe d'une altération mentale caractérisée.

– Voyons, dit-il, en s'asseyant au bord du lit. Une chose à la fois. Puis-je vous demander pourquoi vous préférez rester sans plâtre?

– Parce que je dois savoir d'abord si les peintures peuvent être vendues. Il me semble que ce devrait être clair.

– Je n'avais pas établi de rapport entre ces deux questions, dit le docteur, d'un ton caustique. Mais puisque, d'évidence, c'est la vente des tableaux qui vous préoccupe le plus, je vous réponds : Oui, la vente peut se faire sans aucun doute et très vite, si vous le désirez. Je les achèterai moi-même et je les revendrai.

– Avec un bénéfice raisonnable, je l'espère, sourit monsieur Ducros.

– Très certainement.

– Vous avez dit deux millions, si je ne me trompe.

Le docteur Rinaldi eut un rire. Si vous voulez rajouter le Vlaminck, le Rouault et le Kokoschka, ce sera un quart de million de plus.

Monsieur Ducros leva les bras au ciel.

– Kokoschka, alors, là! Je suis incapable de les distinguer les uns des autres. Ils sont tous également ineptes. En ce cas, vous les prendriez tous les huit, n'est-ce pas? J'ai quelques vieilles tentures de Thaïlande, je les suspendrai à ce bout-là du couloir, et ce sera bien mieux.

Le docteur Rinaldi jeta un coup d'œil perçant sur son patient. C'est sérieux? Vous voulez vraiment mon chèque tout de suite?

– Mais pas du tout! Du liquide. En francs français.

Le docteur Rinaldi commença de desserrer les lèvres.

– Mais... lâcha-t-il.

– Vous n'êtes pas d'accord?

Cela va prendre du temps. Peut-être demain soir.

Monsieur Ducros agita à nouveau les mains.

– Vous n'avez qu'à m'apporter l'argent ici, en francs.

Le docteur Rinaldi secoua la tête d'un air désapprobateur et dit : C'est bien trop d'argent pour le laisser traîner dans une maison.

Monsieur Ducros n'eut pas l'air de comprendre.

– Vous avez sûrement eu le temps de deviner ce que je veux que vous fassiez de ces billets? Vous allez les mettre à l'intérieur du plâtre. Et la chose qu'ils imaginaient la dernière fois se produira en effet cette fois-ci.

Après un long moment de silence, le docteur Rinaldi s'exprima avec lenteur : On ne peut guère s'attendre de ma part à de l'enthousiasme, lorsqu'il s'agit de risquer ma réputation professionnelle, dans le simple but de vous aider à pratiquer une fraude.

Monsieur Ducros s'écria d'un ton véhément : Une fraude? Mais j'ai déjà été puni. Maintenant je tiens à *mériter* cette punition!

Le docteur se leva.

– Je trouve extraordinaire ce renversement complet de votre sens moral.

– Mais rien n'a changé. Ce qui était une question de principe est devenu une question d'honneur.

Le docteur Rinaldi allait et venait dans la pièce, en suivant les motifs du tapis. Puis il dit : Vous vous rendez compte du surcroît de travail que cela impliquerait pour moi, de le faire seul, sans mon assistant?

Monsieur Ducros, conscient d'avoir gagné, poursuivit : Herbier a pris contact avec Rabat, n'est-ce pas? On lui a présenté des excuses officielles. Il est hors de question que l'incident se renouvelle. Tout élément de risque est donc supprimé.

Le docteur revint vers le lit et posa les mains sur le montant en bois. Je retire les paroles que j'ai prononcées à votre sujet l'autre jour au dîner. Vous êtes en effet un produit de notre temps.

– Ce n'est pas ainsi que je vois les choses, dit monsieur Ducros rapidement. Me venger par cette petite machination n'affecte en rien mon point de vue. Il s'agit simplement d'un prêté pour un rendu, dans la plus stricte illégalité. Rien d'autre.

– C'est très bien, dit le docteur Rinaldi. Vous n'aurez pas besoin d'attestation médicale, si Herbier vous accompagne lui-même à l'aéroport.

... Et c'est ainsi que ton père a fait son premier pas sur la voie du crime. Mais un criminel peut avoir pour les siens un attachement farouche. Donc, tu vas te présenter à la Hongkong and Shanghai Bank à Kuala et tu demanderas monsieur Nigel Dawson. Il t'expliquera que tu as maintenant un compte chez eux, dont la provision actuelle est de soixante-quinze mille livres sterling. Je suis sûr que cela pourra t'être utile pour bien des choses, y compris, je l'espère, une visite prochaine, à Tanger, accompagnée de Pierrot.

J'avais ces tableaux grâce à ta mère. Je crois qu'elle aurait apprécié le tour ridicule des événements qui m'ont permis de les vendre pour une petite fortune. Mais la chance est toujours absurde.

Je pense à toi, assise dans la fraîcheur incertaine de cet appartement à air conditionné, en train de regarder les arbres mouillés et la circulation dans les rues de « Kuala l'impur », comme disait Cocteau. Mais il y a des lieux encore bien plus impurs!

Sache que je pense à toi et, je t'en prie, envoie-moi des nouvelles bientôt.

ton père qui t'aime

# LE PUITS

IL y a dix ou douze ans, un homme, qui eût mieux fait de rester ailleurs, est venu vivre à Tanger. Il ne fut en rien responsable de ce qui lui est arrivé, mais la colonie anglophone a répandu de nombreux ragots et des insinuations à ce sujet. Ces gens ont des réactions similaires à celles de certains groupes primitifs : quand le malheur s'abat sur l'un d'eux, les autres – d'un commun accord – s'abstiennent de lui offrir leur aide; ils se contentent de laisser faire et d'observer, dans la certitude que le malheureux est l'artisan de sa propre souffrance. Il devient « tabou », hors d'atteinte, désormais incapable de recevoir aucune assistance. Dans le cas particulier de cet homme, je pense que personne ne pouvait lui être d'un grand secours; mais la désapprobation silencieuse de l'entourage devant son infortune a dû rendre les derniers mois de sa vie encore plus pénibles.

Il s'appelait Duncan Marsh et passait pour être originaire de Vancouver. Je ne l'ai jamais vu et je ne connais personne qui prétende l'avoir rencontré. Avant que l'histoire n'ait pénétré le circuit des cocktails mondains, il était mort, et sa disparition laissait le champ libre à ceux qui ne peuvent résister à leur penchant pour la mythomanie.

Il était venu à Tanger seul et il avait loué une maison meublée sur les pentes de Djemaa el-Mokra (les locations étaient faciles à trouver à l'époque et les prix étaient raisonnables). Peu après, il avait installé chez lui un jeune Marocain qui devait servir de gardien, la nuit. Un jardinier et une cuisinière faisaient partie de la maison, mais tous deux furent remerciés, et la cuisinière fut remplacée par une femme que recommandait le veilleur de nuit. Bientôt, Marsh commença à ressentir les premiers symptômes d'une maladie des voies digestives qui ne fit qu'empirer au cours des mois à venir. Les médecins de Tanger lui conseillèrent d'aller à Londres. Au bout de deux mois passés à l'hôpital en Angleterre, il fut quelque peu soulagé. Mais on ne lui donna aucun diagnostic précis et il revint ici, où il dut s'aliter. Finalement, on le ramena au Canada sur une civière et il y mourut dans les jours qui suivirent son arrivée.

Tout cela ne présentait rien de bien extraordinaire; les gens pensèrent que Marsh, comme d'autres avant lui, avait succombé des suites d'un empoisonnement à petites doses par des domestiques indigènes. Au cours des cinq décennies que j'ai passées à Tanger, nous avons vu plusieurs cas de ce genre. Chaque fois, on a dit que la victime européenne était responsable de son sort, qu'elle l'avait provoqué, en encourageant la familiarité d'un domestique. Pour un observateur extérieur, il semble étonnant que personne n'ait pris l'initiative de faire rechercher le coupable; mais, en l'absence totale de preuves, une enquête est vouée à l'échec.

Deux détails encore serviront à compléter ce récit. Pendant sa maladie, Marsh avait raconté à un ami qu'il avait pris des mesures pour assurer le sort matériel de son veilleur de nuit, dans le cas où lui-même serait obligé de quitter le Maroc; il avait donné au jeune homme une lettre notariée à cet effet mais, selon toute apparence, celui-ci n'avait jamais cherché à faire valoir ses droits. L'autre information est venue du docteur Halsey, qui avait organisé le transport de Marsh de son domicile à l'aéroport. Et c'est là que toute l'histoire prend vie, du moins en ce qui me concerne : selon le docteur, Marsh avait la plante des pieds marquée d'incisions profondes et systématiques qui dessinaient des motifs assez frustes; les plaies étaient récentes, mais déjà, une légère infection s'y déclarait.

A ce spectacle, le docteur avait appelé la cuisinière et le veilleur de nuit. Ils firent montre de surprise et de désarroi à la vue des pieds de leur employeur, mais ils s'avérèrent incapables d'expliquer les mutilations. Et quelques jours après le départ de Marsh, la cuisinière et le jardinier d'origine vinrent reprendre leurs quartiers dans la maison, les deux autres l'ayant quittée.

Le cas d'empoisonnement semble tout à fait classique, surtout si l'on tient compte des confidences de Marsh au sujet des mesures qu'il avait prises en faveur du jeune homme. Mais aucune motivation ne cadrait avec les signes tailladés sur la plante de ses pieds. Je réfléchis à ce problème. La culpabilité du veilleur de nuit paraissait certaine. Il avait persuadé Marsh de se débarrasser de la cuisinière – dont il fallait pourtant continuer à payer le salaire – et d'engager une autre femme, sans doute de sa famille à lui, pour faire la cuisine. Si l'on veut qu'elles soient impossibles à déceler, il faut étaler les doses de poison sur de longs mois, et la personne la mieux placée pour les administrer est bien la cuisinière. D'évidence, celle-ci connaissait le contenu de la lettre notariée et comptait récolter sa part de l'argent. Mais, en ce cas, les signes en forme de croix et de cercles tailladés sur les pieds de Marsh demeuraient inexplicables. L'empoisonneur est patient, soigneux, méthodique; son principal souci est de bien calculer ses doses et d'éviter de laisser des traces. La bravade lui est inconnue.

Vint un temps où l'on cessa de conter l'histoire de Duncan Marsh. Moi-même, ayant épuisé mon stock d'hypothèses plausibles, j'y pensai moins souvent. Mais un soir, il y a peut-être cinq ans, un résident américain de mes amis vint m'annoncer qu'il avait découvert un Marocain qui prétendait être l'ancien veilleur de nuit de Marsh. L'homme s'appelle Larbi, me dit-il; il est serveur au restaurant *Le Fin Bec,* établissement modeste, dans une rue peu fréquentée. Il parle mal l'anglais, mais il le comprend sans difficulté. L'Américain ajoute qu'il me livre ces informations pour ce qu'elles valent, au cas où je serais disposé à en faire usage.

J'ai réfléchi à cette suggestion. Puis, quelques semaines plus tard, je suis allé jusqu'au restaurant pour voir ce Larbi de mes propres yeux. L'endroit était peu éclairé et plein d'Européens. Je scrutai attentivement les trois garçons de service; ils étaient interchangeables, avec de larges moustaches noires, des chemises de sport, des blue-jeans. L'un d'eux me tendit le menu. Je parvenais à peine à le déchiffrer, même en le plaçant tout droit sous la petite lampe de table. Quand le serveur qui me l'avait donné revint prendre la commande, je réclamai Larbi.

Sur ce, il m'arrache la carte des mains et s'écarte de la table. Au bout d'un instant, un autre membre du triumvirat se présente et me tend le menu qu'il tenait sous le bras. Je lui ai donné ma commande en espagnol. Lorsqu'il m'a apporté la soupe, je lui ai dit à voix basse que cela m'étonnait de le voir travailler ici. Cela l'a fait sursauter et se redresser d'un geste brusque. Je voyais qu'il cherchait à se rappeler qui je pouvais être.

– Et pourquoi est-ce que je ne travaillerais pas ici? répondit-il d'une voix monocorde.

– En effet, pourquoi pas? Je croyais seulement que, depuis le temps, tu aurais pu avoir un bazar ou un magasin à toi.

Il eut un rire de dédain : Un bazar! fit-il.

Quand il m'apporta le plat suivant, je lui demandai pardon de me mêler de ses affaires. Mais cela m'intéressait, lui dis-je, parce que je pensais depuis plusieurs années qu'il avait hérité quelque chose d'un Anglais.

– Vous voulez dire le *señor* Marsh?

Il avait enfin les yeux grands ouverts.

– Oui, c'était là son nom. Ne t'a-t-il pas donné une lettre? c'est ce qu'il a dit à ses amis.

– Il m'a donné une lettre, dit-il, le regard fixé à l'horizon, au-dessus de ma tête.

– L'as-tu jamais montrée?

C'était là un manque de tact, mais je savais que, parfois, il vaut mieux aller droit au but.

– Pourquoi? A quoi bon? Le *señor* Marsh est mort.

Il secoua la tête d'un air de finalité et s'en fut vers une autre table. Le temps de finir ma crème caramel, et la plupart des dîneurs avaient quitté la salle qui me parut encore plus obscure. Il s'approcha pour voir si je désirais du café et je demandai l'addition. Il me l'apporta et, à ce moment-là, je lui dis que j'aimerais beaucoup jeter un coup d'œil sur cette lettre, s'il l'avait encore.

– Vous pouvez passer demain soir, ou n'importe quel autre soir, et je vous la montrerai. Je l'ai encore chez moi.

Je le remerciai et promis de revenir au bout de

deux ou trois jours. J'avais l'esprit embrouillé en quittant le restaurant. Clairement le garçon ne se considérait pas comme impliqué dans les malheurs de Duncan Marsh. Quelques jours plus tard, quand je pus examiner le document, je ne compris plus rien.

Ce n'était pas une lettre, mais un papier timbré comme on en vend dans les bureaux de tabac. Le texte était simple :

« A tous ceux que cela peut intéresser : Je, soussigné, Duncan Whitlaw Marsh, consens à déposer le premier jour de chaque mois, tant que je serai en vie, la somme de cent livres, au compte de Larbi Lairini. »

Le papier était daté du onze juin 1966, signé et notarié en présence de deux témoins marocains. En le lui rendant, je dis :

– Et cela ne t'a jamais servi à rien!

Il haussa les épaules, glissa la lettre dans son portefeuille.

– Comment cela aurait-il pu me servir? L'homme est mort.

– C'est dommage!

– *Suerte.*

Pour un Marocain, cela voulait dire : c'est le sort, plus encore que la chance.

J'aurais pu continuer, lui demander s'il avait une idée sur l'origine de la maladie de Marsh, mais j'avais besoin de temps pour réfléchir à ce que je venais d'apprendre. En me levant, avant de partir, je lui dis :

– Je regrette que cela ait mal tourné. Je reviendrai dans quelques jours.

Il me tendit la main et je la serrai. Je n'avais aucun projet. Je pouvais revenir bientôt – ou jamais.

*Tant que je serai en vie.* La phrase me revint sans cesse à l'esprit pendant plusieurs semaines. Peut-être Marsh avait-il choisi ces mots-là pour être bien compris des adouls de Tanger qui avaient apposé leurs paraphes fleuris au bas du document. Cependant, je n'ai pas pu m'empêcher de leur donner un sens plus mélodramatique. J'y voyais l'expression officielle d'une convention déjà établie entre maître et domestique. Marsh avait besoin de l'aide de son gardien, lequel la lui avait promise. Je n'avais aucune preuve, mais je pensais être sur la bonne voie. Peu à peu, je me persuadai que si je pouvais parler au gardien en arabe et à l'intérieur de la maison, j'arriverais à y voir plus clair.

Un soir, je me rendis à pied jusqu'au *Fin Bec* et, sans me faire donner de table, je fis signe à Larbi de me rejoindre au-dehors. Là, je lui demandai s'il pourrait se renseigner et savoir si quelqu'un occupait la maison du *señor* Marsh.

– Personne n'y habite en ce moment, me dit-il.

Au bout d'un instant, il ajouta : Elle est vide. Je connais le gardien.

J'avais décidé, malgré mon arabe assez faible, de m'adresser à lui dans sa propre langue et je lui dis :

– Écoute, j'aimerais t'accompagner à la maison, pour voir où tout s'est passé. Je te donnerai quinze mille francs pour ta peine.

Après un instant de surprise, lorsqu'il m'entendit parler arabe, il prit un air satisfait.

– Il n'est pas censé permettre aux gens d'entrer, me dit-il.

Je lui mis trois mille francs dans la main.

– Arrange ça avec lui. Et quinze mille pour toi, quand nous quitterons la maison. Est-ce qu'on pourrait y aller Jeudi?

La villa, si je ne me trompe, datait des années cinquante, époque où une construction de bonne qualité était encore possible. Elle était solidement implantée au flanc de la colline, sous l'imposante forêt qui s'élançait vers le ciel derrière elle. Il fallait gravir trois volées de marches dans le jardin, pour atteindre l'entrée. Le gardien, un campagnard en djellaba brune, le regard plissé et méfiant, nous suivait sans nous lâcher d'une semelle.

En haut, on débouchait sur une vaste terrasse avec vue au sud-est sur la ville et les montagnes. Derrière elle, une pelouse ombragée s'étendait jusqu'à la lisière de la forêt. Le salon, grande pièce claire, s'ouvrait sur la pelouse par des portes-fenêtres. Une odeur de murs humides et de moisi alourdissait l'air. La certitude absurde que j'allais tout comprendre s'était emparée de moi; je remarquai que je respirais plus vite.

Nous sommes passés dans la salle à manger, au-delà de laquelle se trouvaient un couloir et la chambre où dormait Marsh, une pièce sombre aux volets clos. Un large escalier en spirale descendait vers un étage en contrebas où il y avait encore deux chambres, puis continuait sa boucle jusqu'à la cuisine et les chambres de domestiques au-dessous. La porte de la cuisine ouvrait sur une petite cour pavée aux murs cachés derrière de hauts philodendrons.

Larbi regarda au-dehors et hocha la tête :

– C'est ici que les ennuis ont commencé, dit-il, l'air morne.

Je poussai la porte avec effort et, l'ayant franchie, je m'assis au soleil sur un banc en fer forgé.

– La maison est humide. Restons plutôt ici.

Le gardien nous abandonna et s'en fut refermer les portes à clef. Larbi s'accroupit près du banc, confortablement assis sur ses talons.

– Rien de tout cela ne serait arrivé, affirma-t-il, si Marsh avait bien voulu se satisfaire de Yasmina, la cuisinière dont les gages étaient compris dans la location. Mais elle était négligente et faisait une cuisine médiocre. Marsh avait demandé à Larbi de lui trouver quelqu'un d'autre.

Je l'ai prévenu que cette Meriam avait une petite fille, poursuivit-il, qu'elle pourrait parfois la laisser chez des amis, mais que certains jours, elle serait obligée de l'amener avec elle à son travail. Il m'a dit qu'il n'y verrait pas d'inconvénient, pourvu qu'elle se tienne tranquille.

Marsh prit la femme à son service. Deux ou trois fois par semaine, elle était accompagnée de l'enfant qui jouait dans le patio où sa mère pouvait la surveiller. Dès le début, Marsh se plaignit que la petite était bruyante. A de nombreuses reprises, il fit porter des messages à Meriam, insistant pour que l'enfant se tienne tranquille. Et, un jour, il descendit sans se faire remarquer dans le patio, par l'extérieur de la maison. Il se mit à quatre pattes, avança son visage tout près de celui de la petite fille et, en fronçant les sourcils, il lui fit une grimace si farouche qu'elle poussa des cris d'effroi. Lorsque Meriam accourut de sa cuisine, il se releva avec un sourire et s'en alla. L'enfant continua à pleurer et à gémir dans un coin de la cuisine, jusqu'à ce que sa mère la ramène chez elle. Ce soir-là, sans avoir cessé de sangloter, elle eut une forte fièvre. Plusieurs semaines, elle oscilla entre la vie et la mort, puis lorsque enfin elle fut hors de danger, elle avait perdu l'usage de la marche.

Meriam, dont les gages étaient relativement élevés, demanda conseil à de nombreux fqih, les consultant l'un après l'autre. Ils tombèrent d'accord : l'enfant était victime du « mauvais œil ». Et le responsable ne pouvait être que le nazaréen pour qui travaillait sa mère. Alors, continua Larbi, ils lui ont expliqué que pour combattre le mauvais sort, il fallait administrer à Marsh certaines substances, grâce auxquelles elle pourrait finalement agir.

– Cela était absolument nécessaire, me dit-il en me regardant dans les yeux, l'air grave. Même si le *señor* avait consenti à lever le mauvais œil (et, bien sûr, elle n'aurait jamais voulu lui en parler), il en était incapable. Les doses qu'elle lui faisait prendre étaient sans danger – de simples médicaments pour le détendre, afin qu'il se laisse faire sans protester, quand viendrait le moment de défaire le sort.

Marsh avait confié à Larbi qu'il soupçonnait Meriam de lui mettre des somnifères dans ses plats et il lui avait demandé d'être vigilant. C'était pour s'assurer le soutien actif du veilleur de nuit qu'il lui avait signé la promesse d'aide financière. Mais du point de vue de Larbi, les mixtures de Meriam étaient plus ou moins inoffensives, aussi il se borna à rassurer son patron et laissa la cuisinière continuer de lui administrer ses potions.

Fatigué de la position accroupie, Larbi se redressa soudain et commença à marcher de long en large, faisant attention de poser les pieds avec précision au milieu des pavés.

– Quand il a dû aller à l'hôpital à Londres, poursuivit-il, je lui ai dit : « Maintenant tu l'as rendu malade. Et s'il ne revenait pas ? Tu ne pourrais jamais rompre le sort. »

Cette idée l'a inquiétée.

« J'ai fait ce que j'ai pu, a-t-elle dit. C'est entre les mains d'Allah. »

Au retour de Marsh à Tanger, Larbi la pressa de mener les choses à leur fin sans plus attendre, maintenant qu'elle avait eu le bonheur de le récupérer. Il s'était mis à penser, me dit-il, que ce serait peut-être mieux pour la santé du *señor,* si elle ne continuait pas son traitement trop longtemps.

Je me gardai de poser des questions tandis qu'il parlait ou de témoigner de la moindre désapprobation ; je m'efforçai de présenter un visage tout à fait neutre, de peur de l'interrompre. Le soleil était descendu derrière les arbres et il faisait frisquet dans le patio. J'avais une forte envie de me lever et de marcher de long en large comme lui, mais je craignais que même ces quelques gestes ne risquent de l'arrêter. Une fois tari, le flot ne reprendrait peut-être plus.

Bientôt, Marsh se trouva plus mal que jamais, avec des douleurs cuisantes dans les reins et l'abdomen. Alors, il s'alita et Larbi lui servit ses repas dans sa chambre. Quand Meriam vit qu'il ne pouvait plus quitter son lit, même pas pour aller à la salle de bains, elle décida qu'il était temps de se délivrer du maléfice. Le soir même où un fqih se rendait chez elle pour accomplir une cérémonie en présence de l'enfant paralysée, quatre hommes de la famille montaient à Djemaa el-Mokra.

– Quand je les ai vus arriver, me dit Larbi, j'ai pris ma moto et je suis descendu en ville. Je ne voulais pas me trouver ici quand ils allaient faire ce qu'ils devaient. Cela ne me concernait pas.

Il resta un instant immobile en se frottant les mains. J'entendais le vent du sud-ouest qui commençait à souffler dans les arbres ; c'était l'heure de l'après-midi à laquelle il se lève.

– Venez, ajouta-t-il ; je vais vous montrer quelque chose.

Nous avons grimpé quelques marches en contournant la maison vers l'arrière et nous avons débouché sur une terrasse, couverte d'une pergola. Au-delà, on voyait la pelouse avec la forêt au bout, comme un mur.

– Pendant deux jours, il a été très malade. Il me

demandait tout le temps de téléphoner au médecin anglais.

– Et tu ne l'as pas fait?

Larbi s'arrêta sur place et me regarda.

– Il fallait d'abord tout nettoyer. Meriam refusait de le toucher. C'était pendant la saison des pluies. Quand je suis rentré, je l'ai trouvé couvert de boue et de sang. Le lendemain, je lui ai donné un bain et j'ai changé les draps et les couvertures. Et j'ai aussi nettoyé la maison, ils avaient mis de la boue partout, en le ramenant. Venez, je vais vous montrer l'endroit où ils ont dû aller.

Nous avions traversé la pelouse et nous marchions dans les hautes herbes qui poussaient à l'orée des bois. Un sentier partait sur la droite, à travers les ronces et les sous-bois; nous l'avons suivi, enjambant des rochers et des troncs d'arbres, jusqu'à ce que nous soyons arrivés devant un vieux puits en pierre. Je me suis penché par-dessus le mur de pierres entassées qui l'entourait, et j'ai vu le petit rond de ciel tout au fond.

– Vous comprenez, il a fallu qu'ils le traînent jusqu'ici, tout ce chemin, et qu'ils le tiennent au-dessus du puits sans bouger, pour que le sang tombe dans l'eau, quand ils ont fait les signes sur ses pieds. Si le sang tombe sur les côtés du puits, cela ne sert plus à rien. Et il fallait qu'ils fassent les mêmes signes que le fqih dessinait sur le papier pour la petite fille. C'est très difficile à réussir la nuit, surtout s'il pleut. Mais ils y sont arrivés. J'ai vu les coupures quand je lui ai donné son bain.

Prudemment, je lui demandai s'il voyait un rapport entre ces événements et la mort de Marsh. Il cessa de fixer le fonds du puits et se retourna. Nous sommes repartis sur le sentier, vers la maison.

– Il est mort parce que son heure était venue.

– Et est-ce que la malédiction a été rompue? lui demandai-je. L'enfant a-t-elle pu marcher après cela?

Mais il ne l'avait jamais su, parce que Meriam était partie vivre à Kenitra chez sa sœur, peu de temps après.

Dans la voiture, en descendant vers la ville, je lui ai remis l'argent. Il l'a regardé fixement pendant plusieurs secondes, avant de le glisser dans sa poche.

Je l'ai déposé en ville, en proie à un vague sentiment de déception et j'ai compris alors que j'attendais – et non seulement que j'attendais, mais qu'en fait j'espérais voir ma quête aboutir à la découverte d'un coupable. Un coupable?... Mais où commence le crime? Il n'y avait pas d'intention criminelle – rien qu'une mère, qui cherchait à agir à travers les brumes d'une ignorance ancestrale. J'y pensais dans le taxi, en rentrant chez moi.

# AU KRUNGTHEP PLAZA

CE jour-là, le président des États-Unis et sa femme devaient arriver en visite chez le roi et la reine. La veille, toute l'après-midi, des équipes d'ouvriers avaient parcouru le boulevard au pas de course, traînant derrière eux de lourdes barrières métalliques pour barricader les trottoirs. Mang Huat se leva le matin, plein de sueur et de démangeaisons après une nuit d'insomnie. Depuis qu'il avait reçu l'avis lui indiquant que le cortège allait passer devant l'hôtel, il attendait la date prévue dans une angoisse grandissante. Le moindre incident risquait de lui coûter sa carrière. Il suffirait d'un seul maniaque, armé d'une grenade à main.

Sans entrain, il ouvrit les rideaux à côté de son lit et avança la tête pour regarder la lumière de ce jour peu propice. Puis, il prit sa douche et revint à la fenêtre où il resta alors un long moment. Au-dessus de la ville, le ciel gris était envahi par le bourdonnement des hélicoptères; pour l'instant, ils avaient réussi à éviter même les plus hauts des chedis qui surmontent les temples, mais les passants levaient les yeux avec intérêt chaque fois qu'un des gros objets volants passait dans un fracas de ferraille, en direction d'une flèche voisine. De temps à autre, une voiture de police traversait le quartier et la circulation était interrompue; un calme inhabituel et troublant s'abattait sur les rues, où l'on n'entendait plus que les crissements d'insectes dans les arbres. Peu à peu, les autres bruits de la vie revenaient : cris d'enfants, chiens qui aboient dans le lointain. Mais ils le dérangeaient, eux aussi, ces bruits nus, au lieu du vrombissement incessant des moteurs.

Personne ne semblait connaître l'heure fixée pour le passage du cortège royal. La radio annonçait dix heures, mais les rumeurs qui couraient dans les salons du rez-de-chaussée et qui étaient censées provenir tout droit du quartier général de la police, citaient midi comme heure de départ. Mang Huat décida de sauter le petit déjeuner et de ne pas manger du tout avant que le danger soit écarté et qu'il puisse se détendre.

Il était assis à son bureau, frappant avec un ongle contre la pointe d'une de ses canines tandis qu'il contemplait, pensif, Miss Pakun devant sa machine à écrire en train de taper. Les rideaux de soie magenta qui ornaient les fenêtres remuaient à chaque poussée du ventilateur à pale unique. Ils donnaient à la pièce une atmosphère rosée de boudoir dans laquelle les gestes et les attitudes prenaient parfois une teinte étrangement équivoque. Aujourd'hui, ce phénomène, au lieu d'aiguiser l'ardeur du Chinois, ne faisait qu'accroître sa méfiance envers sa secrétaire. Elle était fort attirante et efficace, mais, il lui fallait se le rappeler : ce n'était pas là le principal. Il l'avait engagée de confiance, pensait-il, convaincu de la véracité des renseignements fournis sur sa demande d'emploi. Son choix s'était arrêté sur elle, parmi d'autres candidates tout aussi présentables, parce que son comportement révélait une bonne éducation bourgeoise.

L'ambivalence des sentiments de Mang Huat pour Miss Pakun datait de la semaine précédente; son caissier, un garçon du nom d'Udom, était venu lui raconter qu'il l'avait aperçue en train de se promener dans le quartier mal famé et malsain de Thonburi, de l'autre côté du fleuve. Udom connaissait bien cette zone de cabanes précaires où les ordures s'amoncellent et où les tas d'immondices voisinent avec les fumeries d'opium et les bordels. Si elle y habitait, pourquoi avait-elle indiqué une adresse à Sukhumvit? Et sinon, quel motif valable pouvait-elle avoir de visiter un pareil lieu? Il s'était même demandé si Pakun n'était pas un faux nom.

Mang Huat était fier de la suite de trois pièces qu'il occupait au Krungthep Plaza. A trente-deux ans, il était directeur de l'hôtel et s'en trouvait fort satisfait. Par une petite lucarne pratiquée dans le mur de son salon, il pouvait, s'il le désirait, regarder en bas, dans le hall, et voir presque tout ce qui s'y passait. Il n'utilisait pourtant jamais ce poste d'observation; il lui suffisait que le personnel en connaisse l'existence.

De l'endroit où il était assis, il entendait le clapotis du jet d'eau dans la pièce voisine. Un ami récemment parti pour Hong-kong lui avait laissé sa fontaine en déménageant et il avait dépensé des sommes importantes pour la faire installer. Miss Pakun se mit à tousser, sans doute pour lui faire remarquer qu'il fumait. Elle toussait toujours, quand il fumait. Au début, quand elle avait commencé à travailler pour lui, il avait parfois éteint sa cigarette. Aujourd'hui, il ne se préoccupait pas beaucoup de l'état de sa gorge, et il ne se souciait guère plus de savoir si elle habitait à son élégante adresse de Sukhumvit, ou dans une ruelle de bidonville, à Thonburi. Il n'avait plus la moindre intention de nouer avec elle des liens d'amitié intime.

A la fin de la matinée, Udom frappa à la porte. Cet Udom était un ami d'université dans la gêne qui était venu le supplier de lui trouver du travail à l'hôtel. Mang Huat, persuadé qu'il serait peu réaliste de s'attendre à rencontrer chez un même homme plus d'une qualité positive, l'avait engagé comme caissier. On ne pouvait guère compter sur lui, mais il était parfaitement honnête.

Depuis que l'associé de son oncle l'avait placé au poste élevé qu'il occupait à présent, Mang Huat nageait dans le bonheur de se sentir à l'abri des vicissitudes du monde extérieur. Aujourd'hui, pour la première fois, une menace pesait sur cette délicieuse tranquillité. Ses craintes étaient ridicules, il le savait; il y avait fort peu de chances d'accident; mais une situation hors de son pouvoir de contrôle le plongeait toujours dans une inquiétude excessive.

Udom s'approcha du bureau et lui murmura d'une voix sombre que les agents de la Sécurité américaine étaient à la réception et réclamaient un passe-partout pour pénétrer dans les chambres. Je leur ai dit que je devrais vous en parler, poursuivit-il. Ce n'est pas obligatoire, n'est-ce pas. Seulement les clefs de certaines chambres bien spécifiées, s'ils les exigent.

– Je sais tout cela, répondit Mang Huat. Donnez-leur un passe.

– Les clients vont se plaindre.

Mang Huat se rebiffa : Quelle importance? Donnez-leur toutes les clefs qu'ils réclament. Veillez simplement à ce qu'ils vous les rendent et qu'il n'en manque pas.

Cela le hérissait de voir quelqu'un hésiter à accepter cette protection supplémentaire; mais c'était dans le caractère d'Udom de créer des obstacles et des complications. Mang Huat le soupçonnait de n'avoir pas entièrement renoncé aux sympathies marxistes de sa jeunesse et, parfois, il se demandait si c'était une bonne idée de l'avoir engagé pour travailler à l'hôtel.

Son estomac criait la faim, ce qui aggravait sa nervosité. Il était une heure vingt-cinq, et Miss Pakun n'était pas encore rentrée de son déjeuner. Soudain, il s'aperçut qu'un bruit nouveau résonnait au-dehors depuis un certain temps. Il s'approcha de la fenêtre. Les grosses voitures officielles défilaient à une vitesse inhabituelle. Tout d'un coup, son regard fut arrêté par les deux Bentley blanches du palais royal, entourées de leur escorte de motocyclettes. Il retint son souffle jusqu'à ce qu'elles aient disparu. Et même alors, il attendit encore une minute, l'oreille tendue, avant de téléphoner pour commander son déjeuner.

En fin d'après-midi, le chef de réception appela son bureau pour lui dire qu'un client exigeait d'être reçu par lui. D'un coup, il sentit la menace qui resurgissait. Je ne peux voir personne, dit-il, et il raccrocha.

Cinq minutes plus tard, Udom était au bout du fil. C'est ce que je craignais, disait-il. Un Anglais est venu se plaindre; la police aurait fouillé sa chambre.

– Dites-lui que je suis absent de mon bureau, ordonna Mang Huat. Et, se tournant vers Miss Pakun : Je ne prends aucun appel. Vous avez compris?

Le crépuscule avait tout à coup envahi le ciel, assombri par un énorme nuage noir qui grossissait comme une immense baudruche au-dessus de la ville. Il lui vint à l'esprit qu'il pourrait laisser Miss Pakun partir avant la pluie. Debout, devant la fenêtre, il regardait fixement au-dehors. La ville étincelait, grâce aux millions de lumières supplémentaires; des guirlandes lumineuses accrochées aux branches des arbres de l'autre côté du canal formaient de grandes boucles ouvragées. On avait édifié, à l'entrée du pont, un arc de triomphe, éclairé de manière spectaculaire par des projecteurs à lumière rouge et bleue, afin de révéler un portrait haut de dix mètres du Président en visite, le tout souligné d'inscriptions appropriées, lui souhaitant la bienvenue en anglais et en thaï.

Un timbre retentit dans l'antichambre. Miss Pakun alla y répondre et un garçon de la réception en livrée rouge écarlate entra, portant un message sur un plateau. Il a eu la variole, pensa Mang Huat. Qui a bien pu l'engager? Il griffonna rapidement sur son bloc de le faire congédier dès le lendemain, puis il prit le message. C'était un mot d'Udom, ainsi rédigé : *L'homme est dans le bar, où il ameute les clients pour qu'ils signent une pétition. Je crois que vous devriez le recevoir.*

Mang Huat ne pouvait croire à ce qu'il voyait et relut une deuxième fois. Puis il frappa du poing sur la table et Miss Pakun leva un instant les yeux. En proie à la fureur, il fit effort pour garder à l'esprit qu'il ne devait pas perdre son sang-froid. Pour mater les mécontents de ce genre, il était impératif de se montrer ferme, de ne pas se laisser entraîner dans une discussion, encore moins une querelle.

Le timbre se fit entendre. Dites-lui que je serai libre dans cinq minutes, recommanda-t-il à Miss Pakun.

Il n'était plus question de la laisser partir avant que l'orage éclate. Elle n'aurait qu'à enlever ses chaussures (comme le faisait tout le monde dans ce quartier sordide où elle habitait sans nul doute), et à patauger, pieds nus, à travers les mares et les flaques, jusqu'au bout de la ruelle où les taxis ne pénétraient pas. Au bout d'un moment, elle revint dans le bureau et s'assit en lissant sa coiffure et en tirant sur sa jupe. Il y avait, c'était probable, une voiture de police dans les environs à ce moment-là, car une accalmie caractéristique, soudaine et menaçante, avait gagné le quartier. Pendant que Miss Pakun tartinait avec application sur son visage divers produits de beauté, il restait assis, oisif; dans le silence, il entendait le caquetage d'un gecko, lequel s'était installé derrière lui, un peu au-delà du distributeur d'air conditionné; sa timide jacasserie lui parvenait, malgré le léger bruit du moteur. Dans les arbres, les insectes continuaient eux aussi leur crissement monotone. Il regrettait d'avoir fixé un délai. Les cinq minutes de silence lui semblaient s'étirer comme s'il y en avait vingt. A l'heure dite, Miss Pakun se leva à nouveau, resplendissante, et se tourna vers la porte. Il la retint.

– Pas de frappe, s'il vous plaît, en présence de ce visiteur. Vous prendrez en sténo. Mais oui, vous en êtes capable, ajouta-t-il en voyant ses traits changer d'expression. Et il insista : cet homme est un agitateur, il faut noter tout ce qu'il dira.

Miss Pakun se montrait toujours intimidée et prétendait avoir une connaissance insuffisante de la langue, s'il lui demandait de transcrire une conversation en anglais. Mais le résultat de son travail était en général excellent. Mang Huat la regarda, les traits crispés.

– Vous devez tout prendre, n'en ratez pas un mot. Il va peut-être me menacer.

Le visiteur entra, suivi de Miss Pakun. Il était jeune et avait l'air d'un étudiant. Avec un rapide sourire, il s'assit dans une chaise en face de Mang Huat et dit : Merci de m'avoir laissé passer.

Mang Huat prit cela pour de l'ironie :

– Vous êtes venu vous plaindre?

– Vous comprenez, commença le jeune homme, j'essaye d'obtenir une prolongation de mon visa de tourisme sans quitter le pays.

Mang Huat assena un coup violent sur la table, du plat de la main.

– On a dû vous envoyer ici par erreur. C'est le Bureau d'immigration qu'il vous faut. Ma secrétaire va vous donner l'adresse.

Le jeune homme haussa la voix :

– J'essayais de préparer le terrain pour vous parler de ma réclamation. Mais je vais vous le dire tout de suite : C'est un affront envers vos hôtes, que de permettre aux Américains de pénétrer dans les chambres.

– Ah! Peut-être, en ce cas, devriez-vous vous plaindre à la police thaïlandaise, suggéra Mang Huat, en se levant pour indiquer la fin de leur entretien. Ma secrétaire pourra aussi vous fournir cette adresse-là.

Le jeune Anglais le fixa un instant, d'un air de dégoût évident.

– Vous êtes tout à fait le directeur qui convient à cet établissement abject, marmotta-t-il. Puis, ayant remarqué que Miss Pakun s'était levée et lui tenait la porte ouverte, il se leva à son tour et sortit d'un pas raide, en s'efforçant de faire claquer la porte derrière lui. Mais celle-ci, dont les gonds étaient équipés pour résister à ce genre de traitement, se borna à faire entendre son habituel sifflement feutré. Venant à cet instant-là, ce petit bruit, qui, pour Mang Huat, était l'âme même du luxe, lui fit pousser un soupir de plaisir sensuel à l'état pur.

– Vous pouvez disposer, dit-il à Miss Pakun.

Celle-ci ramassa son sac, lui fit voir son sourire le plus séducteur pendant une fraction de seconde, et referma la porte derrière elle.

Il faisait nuit à présent, et la pluie tombait à verse. Miss Pakun allait se faire tremper, pensa-t-il avec un petit pincement de pitié, qui ne faisait qu'aviver son sentiment de satisfaction. Il passa dans la pièce voisine où il s'allongea quelques minutes sur le divan, pour regarder la télévision. Puis il se releva. L'heure était venue de faire son excursion du soir aux cuisines et d'y commander son repas, après avoir scruté les différents plats. Il alluma une cigarette et prit l'ascenseur pour descendre dans le hall.

A la réception, il fronça les sourcils d'un air désapprobateur devant les taches que laissaient sur le tapis les valises mouillées, venant de l'extérieur. Par hasard, il jeta un regard sur la foule qui se pressait dans le hall d'entrée, et il vit Miss Pakun sortir du bar en compagnie du jeune Anglais. Ils partirent tout droit vers la rue. Avant que Mang Huat ait eu le temps de les rattraper en marchant d'un pas normal, ils étaient déjà en train de grimper dans un taxi. Il fit un pas au-dehors, et là, abrité par la marquise, il suivit des yeux la voiture jusqu'à ce qu'elle disparaisse dans la pluie battante.

En revenant vers la cuisine, il s'arrêta à la caisse et raconta à Udom ce qu'il venait de voir. Il lui dit aussi de remettre à Miss Pakun sa dernière paie dès le lendemain matin et de veiller à ce qu'elle ne monte dans son bureau sous aucun prétexte.

Une prostituée, dit-il, avec amertume et indignation. Une prostituée de bas étage, qui se cachait sous les apparences d'une jeune fille intelligente et cultivée.

# VOUS AVEZ LAISSÉ
# VOS GRAINES DE LOTUS
# DANS LE CAR

J'AI vite appris qu'il ne fallait pas s'approcher des fenêtres ni tirer les doubles rideaux pour regarder la rivière en bas. La vue était vaste et pleine d'animation; sur l'autre rive de la Chao Phraya se dressaient des usines et des entrepôts et l'on voyait sur l'eau bourbeuse du fleuve le va-et-vient des trains de péniches. La nouvelle aile de l'hôtel était construite en forme de dalle posée à la verticale, ainsi les arbres n'arrivaient pas à mon étage et rien ne protégeait ma chambre contre l'ardeur empoisonnée du soleil de l'après-midi. La fin du jour, loin d'apporter du répit, dégageait une chaleur encore plus intense et la rivière tout entière semblait s'enflammer. Dans la lumière rouge du crépuscule, le panorama devenait sévère et inquiétant sans que l'air brûlant cesse de s'introduire par les fentes autour des fenêtres.

Brooks, enseignant à l'Université Chulalongkorn et boursier Fulbright, était tenu de suivre des cours de thaï; de plus, il s'arrangeait pour passer une grande partie de ses loisirs en compagnie d'autochtones. Un jour, il m'amena trois jeunes gens vêtus des robes jaune orangé que portent les moines bouddhistes. Ils entrèrent dans la chambre l'un après l'autre, sans mot dire et restèrent alignés jusqu'à ce qu'ils me soient présentés; alors, chacun d'eux me salua en joignant les mains, les pouces contre la poitrine.

Au cours de la conversation, Yamyong, le plus âgé des trois (il pouvait avoir vingt-cinq ou trente ans) expliqua qu'il était moine, tandis que les deux autres n'étaient que des novices. Brooks se tourna alors vers Prasert et Vichaï pour leur demander s'ils allaient bientôt prononcer leurs vœux, mais le moine répondit pour eux.

– Je ne pense pas qu'ils s'attendent à prononcer des vœux, dit-il calmement, tête baissée, comme si cela avait été un sujet habituel de discussion entre eux.

Puis il leva les yeux vers moi.

– Votre chambre est très belle. Nous n'avons pas l'habitude d'un tel luxe.

Il parlait d'un ton neutre, cherchant à masquer sa désapprobation. Les trois hommes tinrent un bref conciliabule.

– Mes amis disent qu'ils n'ont jamais vu une chambre aussi luxueuse, nous rapporta Yamyong, guettant ma réaction à travers ses lunettes à monture d'acier. Je fis mine de n'avoir pas entendu.

Ils déposèrent leurs ombrelles en papier huilé et leurs sacs bourrés de livres et de fruits. Puis ils s'installèrent en rang d'oignons sur le canapé au milieu des coussins. Il leur fallut un certain temps pour ajuster les plis de leur robe autour de leurs épaules et de leurs jambes.

– Tous les moines font eux-mêmes leurs vêtements, expliqua Brooks.

Je me mis à leur parler de Ceylan et leur racontai que là-bas, les moines achètent les robes déjà coupées et prêtes à coudre. Yamyong eut un sourire approbateur.

– C'est la même chose ici, dit-il.

Le climatiseur ronflait à un bout de la pièce et le grondement des bateaux à moteur pénétrait par les fenêtres à l'autre bout. J'observais les trois hommes assis en face de moi. Ils étaient tout à fait calmes et maîtres d'eux-mêmes, mais ils paraissaient en mauvaise santé. L'ossature de leur visage saillait sous la peau. Leur teint me semblait très pâle – mais peut-être était-ce dû aux sourcils rasés et aux cheveux tondus?

– Nous sommes contents, quand nous avons l'occasion d'utiliser la langue anglaise, dit Yamyong. Pour cela, il est un grand bonheur pour nous d'avoir des amis étrangers. Anglais, Américains, cela n'a pas d'importance. Nous les comprenons aussi bien.

Prasert et Vichai firent un signe d'assentiment.

Le temps passait et nous restions assis; notre conversation se prolongeait sans progresser. De temps à autre, je regardais autour de moi. Avant leur arrivée, la pièce était une simple chambre d'hôtel dont il fallait tenir les rideaux fermés. La présence des moines et leurs remarques lui conféraient un caractère vaguement inquiétant. Je sentais bien qu'à leurs yeux, j'avais fait une grave erreur en venant me loger en un tel endroit.

– Il faut que vous voyiez son tatouage, me dit Brooks. Yamyong, montrez-le-lui.

Yamyong écarta sa robe de son épaule, et je vis deux lignes de fins caractères thaï tatouées en indigo.

– C'est pour me garder en bonne santé, dit-il, les yeux levés vers moi.

Son sourire me semblait étrange, mais de toute façon, l'expression de son visage n'éclaircissait en aucun point le sens de ses paroles.

– Je croyais que les bouddhistes désapprouvaient le tatouage? dis-je.

– Certaines gens disent que c'est arriéré, répondit-il en souriant à nouveau, que les formules pour la bonne santé sont de la superstition. C'est mon abbé qui m'a tatoué, quand j'étais tout jeune, au wat. Peut-être qu'il ne savait pas que c'est de la superstition.

Nous étions convenus d'aller avec eux visiter le wat où ils vivaient. J'avais tiré une cravate de l'armoire et j'étais en train de la nouer devant la glace.

– Monsieur, commença Yamyong, pourriez-vous nous expliquer quelque chose, s'il vous plaît? Quelle est la signification de la cravate?

– La signification de la cravate? Vous voulez dire pourquoi les hommes mettent des cravates? Je m'étais retourné vers lui.

– Non, ça je le sais. Ils mettent des cravates pour avoir l'air de gentlemen.

Je ris, mais Yamyong ne se découragea pas.

– J'ai remarqué que certains la portent avec les deux bouts de la même longueur, alors que d'autres laissent le bout large, plus long que le bout étroit ou le contraire. Et les modèles des cravates sont de tailles différentes. Il y en a même qui descendent au-dessous de la ceinture avec les deux bouts ensemble. Quelles sont les significations?

– Il n'y a aucune signification, dis-je. Absolument aucune.

Il regarda Brooks comme pour demander confirmation, mais Brooks s'exerçait à parler thaï avec Prasert et Vichaï.

– Je vous crois, bien sûr, dit-il aimablement après un moment de silence pensif. Pourtant, nous autres, nous avons toujours pensé que chaque façon de nouer la cravate avait une signification particulière.

A notre passage, le portier de l'hôtel fit un profond salut. Jusqu'alors, il ne donnait jamais le moindre signe d'avoir remarqué mon existence. En Thaïlande, le prestige de la robe safran n'est pas négligeable.

Quelques semaines plus tard, un dimanche, j'acceptai d'accompagner Brooks et nos amis à Ayudhaya. L'idée d'une sortie dominicale me répugne à tel point, que cette décision était certainement due, au moins en partie, à un mouvement involontaire. Ayudhaya est située à soixante-dix ou quatre-vingts kilomètres de Bangkok, en remontant la Chao Phraya. Pour les historiens et les amateurs d'art, c'est plus qu'une ville de province ordinaire, c'est toute une période et tout un style, car pendant plus de quatre siècles, Ayudhaya fut la capitale de la Thaïlande. Elle le serait encore aujourd'hui, j'imagine, si les Birmans ne l'avaient pas dévastée au dix-huitième siècle.

Brooks vint me chercher tôt le matin. Les trois bhikkus nous attendaient dans la rue avec leurs sacs de livres et leurs ombrelles. Ils arrêtèrent un taxi et ne lui parlèrent pas du tout d'argent, au contraire des simples particuliers qui cherchent toujours à fixer le prix de la course avant de monter en voiture. Au bout de vingt minutes, une demi-heure, peut-être, nous sommes arrivés à la gare routière, dans un faubourg du nord de la ville.

C'était un sympathique autocar, ouvert sur les côtés à l'ancienne mode. Il avançait en bringuebalant, dans un cliquetis de ferraille et nous recevions de plein fouet le vent des rizières, tandis que nous échangions, tant bien que mal, des bribes de conversation.

– Regardez! Des buffles! me criait de temps à autre Brooks, tout excité.

A mesure que nous nous éloignions de Bangkok, les buffles étaient plus nombreux et les exclamations de Brooks plus fréquentes.

– Le professeur Brooks aime les buffles? me chuchota Yamyong, assis à côté de moi.

– Je ne pense pas, répondis-je en riant.

– Alors, pourquoi?

Je lui expliquai : il était normal que Brooks s'y intéresse. En Amérique, il n'y a pas de buffles dans les champs, pas plus que de temples, comme ici.

– Lui, il regarde les buffles, moi les temples, ajoutai-je, sans doute imprudemment, car Yamyong trouva cette remarque du plus haut comique et ne cessa d'y faire allusion de toute la journée.

La route s'étirait devant nous, toute droite, comme tirée au cordeau à travers la plaine verdoyante. Sur le côté est, elle était doublée par un canal assez large, qu'obstruaient ici et là des plaques d'énormes lotus roses. Par endroits, les fleurs avaient disparu et il ne restait plus que les fruits en forme de disques verts, épais, où étaient serties les graines rondes. Au premier arrêt, les bhikkus sortirent. Ils rapportèrent des mangoustans et des fruits de lotus et insistèrent pour en donner de grandes quantités à chacun de nous. Les grosses graines jaillissaient de la gousse fibreuse, comme poussées par un ressort. Leur goût rappelait celui des amandes vertes.

– Aujourd'hui, vous mangez cela pour la première fois, je crois, dit Yamyong, tout content.

Ayudhaya était chaude, poussiéreuse, interminable, ses environs jonchés de ruines que l'on distinguait à peine à travers la végétation. A une certaine distance de la ville, s'amorçait un large boulevard, bordé par endroits de bâtiments imposants, qui s'arrêtait aussi brutalement qu'il avait commencé. Émergeant des broussailles, construits de petites briques roussâtres, les temples en ruine avaient plutôt l'air de constructions inachevées que de monuments dégradés par le temps. Les restaurations avaient veiné leurs façades de ciment.

Le terminus du car était à quatre ou cinq kilomètres du centre d'Ayudhaya. Il fallut descendre dans la poussière ; Brooks déclara :

– La première chose à faire est de trouver de quoi manger. Vous savez, ils ne peuvent prendre aucun aliment solide après midi.

– Pas exactement midi, corrigea Yamyong. Peut-être une heure, ou même un peu plus tard.

– De toute façon, il n'y a pas de temps à perdre, dis-je. Il est déjà midi moins le quart.

Mais les bhikkus n'avaient pas faim. Aucun d'eux ne connaissait Ayudhaya et ils avaient dressé la liste de ce qu'ils tenaient particulièrement à voir. Ils se concertèrent avec le chauffeur d'un minibus garé à quelques pas, et nous partîmes pour un stupa en ruine qui se dressait sur une haute butte, à quelques kilomètres au sud-ouest. Nous y avons grimpé, non sans mal, pour que Brooks puisse nous photographier dans une fissure du mur d'enceinte délabré. Les chauves-souris qui vivaient à l'intérieur dégageaient une puanteur envahissante. Une fois revenus à l'arrêt du car, nous avons repris la question du repas. Les bhikkus, maintenant étaient tellement surexcités par l'excursion qu'ils voulaient tout voir et que l'idée de sacrifier une minute de temps à autre chose que des visites leur était insupportable. Notre première étape fut le musée, lieu calme où l'on voyait des têtes khmères et des documents en pali. La journée commençait à être pénible, comme je m'y attendais.

Ensuite, nous sommes partis en direction d'un temple. J'y fus impressionné, moins par le gigantesque bouddha qui remplissait presque l'intérieur, que par le musicien assis près de la porte qui jouait du ranad (prononcé lanat). Le son de cet instrument m'était familier pour l'avoir entendu sur des enregistrements de musique siamoise, mais je n'en avais jamais vu. Il était constitué d'une série de blocs de bois de taille graduée liés ensemble, le tout tendu comme un hamac sur une caisse de résonance en forme de nacelle. Les sons de timbres différents se suivaient très vite, telles des gouttes d'eau qui tombent. Après la chaleur pénible de l'extérieur, le temple me sembla soudain contenir la quintessence de la fraîcheur – les dalles de pierre sous mes pieds nus, le courant d'air qui traversait la pénombre, les bâtonnets de bambou que les dévots priant près de l'autel faisaient cliqueter dans leurs longs étuis, et la suite de notes immatérielles, cristallines, qu'émettait le ranad. Si seulement j'avais quelque chose à manger, pensais-je, la chaleur me ferait moins souffrir.

Il était un peu plus de trois heures quand nous sommes parvenus au centre d'Ayudhaya. La ville était chaude et bruyante. Les bhikkus n'avaient pas la moindre idée d'où trouver un restaurant et refusaient de poser la question à des passants. Nous errions tous les cinq, au hasard. J'avais décidé que ni Prasert ni Vichaï ne comprenaient l'anglais parlé et c'est à Yamyong que je dis avec insistance : il *faut* trouver à manger.

– Nous cherchons, me répondit-il avec un regard sévère.

Enfin, nous avons vu un restaurant chinois à un angle de la rue principale. Il y avait une tablée de Thaïs tapageurs qui buvaient du mekong (boisson présentée comme du whisky, mais qui a un goût de rhum bon marché), et une autre table occupée par des Chinois et toute leur famille. Ceux-ci mangeaient de bon cœur le visage enfoui dans leur bol de riz. Le spectacle me ragaillardit; je me sentais faible et je craignais de m'entendre dire qu'il n'y avait rien de chaud à manger. La grande carte en anglais qu'on nous apporta avait sans doute été dactylographiée il y a plusieurs dizaines d'années et passée au chiffon humide une fois par semaine depuis. Sous le titre « Spécialités » figuraient quelques noms de plats qui attirèrent mon attention. En parcourant cette liste, je me mis à rire, puis je la lus à haute voix à Brooks :

Aile de requin frisé aux germes de soja
Cosse de poulet farcie aux crevettes
Oiseaux de riz frisés
Roulettes de crevettes aux courvettes
Lanternes de porc aux bornichons
Oiseaux de riz bradés au porto
Têtes de poison à la patte de soja

Il était normal que nos amis ne partagent pas notre hilarité, mais j'eus l'impression que leur silence n'était pas une simple abstention; il était lourd, réprobateur.

Un instant plus tard, on nous apporta trois bouteilles de Pepsi-Cola et Brooks demanda à Yamyong : Qu'est-ce que vous prendrez?

– Rien, merci, répondit-il, d'un ton dégagé. Cela nous suffira pour aujourd'hui.

– Mais c'est affreux! Vous voulez dire que personne ne va rien manger *du tout?*

– Votre ami et vous pouvez manger votre nourriture, dit Yamyong, du ton dont il aurait dit « votre foin ».

Il se leva, de même que Prasert et Vichaï, et tous trois allèrent s'asseoir avec leur bouteille de Pepsi-Cola à l'autre bout de la salle. De temps en temps, Yamyong nous adressait un sourire sévère.

– Je voudrais bien qu'ils cessent de nous regarder comme ça, chuchota Brooks.

Je lui rappelai que nos amis avaient eux-mêmes refusé de s'arrêter, mais j'avais un peu honte et j'étais vexé de me voir dans la situation du mécréant qui ne sait pas résister aux tentations. C'était presque aussi gênant que de manger devant des musulmans, pendant le ramadan.

Dès la fin du repas, nous sommes repartis en taxi, car Yamyong avait décidé de visiter un certain temple. En route, nous avons traversé une étendue de broussailles épineuses; çà et là, à l'ombre de grands arbres aux cimes aplaties, se trouvaient de vastes dépressions de forme ronde, pleines d'une eau noire où se baignaient des buffles. Seuls leur mufle humide et leurs cornes émergeaient. Brooks s'exclamait déjà : Des buffles! Il y en a des centaines! et il demanda au chauffeur de s'arrêter pour lui permettre de photographier les animaux.

– On verra des buffles au temple, dit Yamyong.

Il avait raison. A quelques centaines de pas du temple, s'étendait une mare boueuse pleine de ces animaux. Brooks alla les photographier pendant que les bhikkus faisaient la visite de rigueur au sanctuaire. Je fis quelques pas dans une cour où s'étirait une longue file de bouddhas de pierre. Les dévots ont l'habitude de coller de petits carrés de feuille d'or sur les statues dans les wats. Quand des milliers de couches sont superposées, de minuscules brins d'or se détachent et tremblent dans la brise; la statue scintillante semble vibrer, animée d'une vie propre. Ce tremblement sur les bras et le torse des bouddhas me rappela celui des feuilles du *ficus religiosa.* Je l'ai dit à Yamyong dans le taxi, mais je crois qu'il ne m'a pas compris, car sa seule réponse fut : Cet arbre est très sacré pour les bouddhistes.

Pendant notre retour à Bangkok, Brooks était assis à côté de moi. Nous parlions peu et de façon sporadique. Après tant d'heures dans la chaleur accablante, c'était reposant de rester assis dans le car, caressés par l'air relativement frais qui venait des rizières. Notre chauffeur ne croyait pas à la causalité. Il doublait les camions sans égard aux véhicules que l'on voyait parfaitement venir en sens inverse. Je préférais fermer les yeux, et j'aurais même pu m'assoupir, s'il n'y avait eu à l'arrière du car un homme, de toute évidence un peu dérangé, qui s'ingéniait à faire le plus de bruit possible. Il avait commencé à crier, hurler et rugir presque aussitôt après le départ d'Ayudhaya et il n'arrêta pas de tout le trajet. Brooks et moi nous demandions en plaisantant s'il était fou ou seulement ivre. Il y avait trop de monde debout dans le passage et, de ma place, je ne pouvais le voir. De temps en temps, je lançais un regard vers les autres voyageurs. On aurait dit qu'ils n'entendaient même pas le chahut derrière eux. A mesure que nous nous rapprochions de la ville, les hurlements devinrent plus forts encore et presque ininterrompus.

– Bon Dieu, pourquoi est-ce qu'ils ne le font pas descendre? demanda Brooks qui commençait à être agacé.

– Ils n'entendent même pas! répondis-je avec amertume, car les gens qui supportent le bruit m'inspirent une sorte de rage envieuse. Finalement, je me penchai vers Yamyong et lui dis : Le pauvre homme, là au fond! C'est incroyable!

– Oui, dit-il en tournant la tête vers moi. Il est très occupé.

Cela me donna à réfléchir. Quel peuple civilisé et tolérant, pensai-je, et je m'émerveillai d'entendre décrire ce qui se passait à l'arrière du car par le mot « occupé »!

Enfin arrivés, nous avons pris un taxi pour traverser Bangkok. Brooks devait me laisser à mon hôtel et ramener les trois bhikkus à leur wat. Les cris déchirants résonnaient encore dans ma tête. Que pouvaient bien signifier ces refrains inlassablement répétés?

Je m'étais trouvé incapable de donner à Yamyong une réponse satisfaisante quand il m'avait interrogé sur la signification de la cravate, pourtant j'espérais qu'il pourrait maintenant me tirer de ma perplexité.

– L'homme à l'arrière de l'autobus, vous savez?

Yamyong hocha la tête.

– Il travaillait très dur, le pauvre. Le dimanche est une journée difficile.

Sans m'arrêter à cette réponse dénuée de sens, j'insistai :

– Que disait-il?

– Oh, il disait « Passe la seconde », ou bien « On arrive au pont », ou encore « Attention, il y a des piétons sur la route », enfin, tout ce qu'il voyait.

Devant notre expression ahurie à Brooks et à moi, il poursuivit :

– Dans les autobus, c'est obligatoire d'avoir un aide conducteur. Il surveille la route et dit au chauffeur ce qu'il doit faire. C'est un travail très dur, parce qu'il doit crier assez fort pour être entendu.

– Mais pourquoi ne se met-il pas devant, à côté du chauffeur?

– Non, non. Il en faut un devant et un derrière. Comme cela, il y a deux hommes responsables de l'autobus.

C'était une explication peu convaincante aux cris déchirants que nous avions entendus, mais pour lui montrer que je le croyais, je dis simplement :

– Ah, oui, je comprends.

Le taxi s'arrêta devant l'hôtel et je descendis. Quand je fis mes adieux à Yamyong, il me répondit avec une nuance de chagrin dans la voix :

– Au revoir. Vous avez laissé vos graines de lotus dans le car.

# DANS LA CHAMBRE ROUGE

QUAND j'avais une maison à Ceylan, un hiver, mes parents sont venus me voir. D'abord, je m'étais demandé s'il fallait encourager cette visite. Bien des choses – que ce soit la chaleur sans répit, la nourriture ou l'eau, même la présence d'une léproserie à moins de cinq cents mètres – bien des choses risquaient de les incommoder. Mais j'avais sous-estimé leur capacité de réaction. Ils se sont avérés beaucoup plus adaptables que je n'aurais cru, et semblaient tout à fait ravis. Ils prétendaient se passer fort bien d'eau courante dans leur salle de bains et ils louaient régulièrement la qualité des curries préparés par Apuhamy, le cuisinier de la maison. Comme ils avaient tous les deux plus de soixante-dix ans, ils n'étaient guère tentés par les excursions lointaines ou les curiosités d'accès difficile. Ils se contentaient de rester à la maison, à lire, à dormir, à prendre des bains rapides dans l'océan au crépuscule, ou bien ils faisaient de courtes promenades en voiture de louage, le long de la côte. Si le chauffeur s'arrêtait sans prévenir devant un temple, pour faire l'offrande d'une noix de coco, cela les enchantait; et si par hasard, ils tombaient sur un troupeau d'éléphants s'avançant majestueusement le long de la route, il fallait garer la voiture un peu plus loin, pour qu'ils puissent les voir s'approcher et les dépasser en file indienne. Ils n'avaient aucun désir de prendre des photos, de sorte que j'étais dispensé d'un des devoirs les plus fastidieux du cicérone : les attentes répétées pendant que s'accomplit le rituel entre l'homme et la machine. C'étaient des hôtes parfaits.

Colombo, où habitaient toutes mes connaissances, n'était pas loin, environ cent cinquante kilomètres. Plusieurs fois, nous y sommes allés pour passer un week-end, que j'organisais d'avance avec mes amis, par téléphone. Là, nous prenions le thé sur les larges vérandas des villas de *Cinnamon Gardens* et nous dînions avec des professeurs d'université, des pasteurs protestants et tout un échantillonnage de hauts fonctionnaires. (Souvent, les Cingalais s'étonnaient que j'appelle mes parents par leurs prénoms : Dodd et Hannah ; quelques personnes ont même demandé si j'étais réellement leur fils, ou si j'avais été adopté.) Ces week-ends en ville dans la chaleur étaient épuisants ; mes parents retrouvaient toujours avec plaisir la maison où ils pouvaient se changer et enfiler des tenues confortables.

Un dimanche, peu avant la date prévue pour leur retour aux États-Unis, nous avons décidé d'aller aux courses à Gintota, où Hannah désirait aussi visiter le Jardin botanique. J'avais réservé des chambres à l'hôtel *New Oriental* à Galle et nous y avons déjeuné.

Une fois au champ de courses, il nous fallut, comme d'habitude, attendre. Les spectateurs composaient, du reste, la meilleure partie du spectacle. La foule des femmes en sari de soie bariolée fit pousser à Hannah des cris de joie. Mais les courses à proprement parler nous déçurent un peu. En quittant l'hippodrome, Dodd remarqua d'un ton satisfait :

– Il fera bon rentrer à l'hôtel pour se reposer.

Mais Hannah lui rappela que nous devions aller au Jardin botanique.

– Un simple coup d'œil, insistait-elle.

Dodd n'y tenait pas trop et protestait :

– Ces endroits s'étendent en général sur des kilomètres!

– Nous ne ferons que regarder et ressortir, promit Hannah.

Le chauffeur nous déposa à l'entrée. Dodd était fatigué et marchait avec difficulté. Depuis un an ou deux, mes jambes ne veulent pas toujours m'obéir, expliqua-t-il.

– Avancez tranquillement tous les deux, nous dit Hannah. J'irais de l'avant, pour voir s'il y a quelque chose d'intéressant.

Nous nous sommes arrêtés un instant, devant un giroflier; son parfum puissant imprégnait l'air, tel un gaz. Quand nous avons repris notre chemin, Hannah avait disparu. Nous avons continué sous la végétation en surplomb, passé un tournant dans le sentier, fouillé du regard les alentours, toujours sans l'apercevoir.

– Où ta mère est-elle encore partie? Elle va se perdre.

– Elle doit être quelque part devant nous.

Bientôt, au bout d'un petit chemin couvert de lianes entrelacées, nous l'avons aperçue, derrière la silhouette d'un Cingalais qui gesticulait avec vivacité.

– Que se passe-t-il? (Dodd pressa le pas.) Cours les rejoindre, me dit-il, et je le dépassai, marchant le plus vite possible. Mais quand je vis le sourire animé de Hannah, je ralentis mon allure. Le jeune homme se tenait avec elle, au bord du chemin, près d'un immense massif d'orchidées brunes, des ophrys à forme d'araignée.

– Ah! j'ai cru que nous t'avions perdue, lui dis-je.

– Regarde ces orchidées! Elles sont incroyables, non?

Dodd nous rejoignit, fit un signe de tête au jeune homme et examina le déploiement de fleurs. On dirait des pets-d'âne, déclara-t-il.

Le jeune homme éclata d'un rire hystérique. Dodd le dévisagea.

– Ce jeune homme était en train de me raconter l'histoire du jardin, reprit Hannah à la hâte. C'est très intéressant : au début, les gens n'en voulaient pas, ensuite, ils ont réussi à planter tout de même.

Le Cingalais rayonnait, tout fier. Il portait un pantalon en flanelle blanche, un blazer rouge vif, et ses cheveux noirs, lisses et brillants, rendaient, sous le soleil, un reflet métallique bleuté.

En général, je m'écarte résolument des inconnus qui cherchent à entamer une conversation. Mais cette fois, il était trop tard. Encouragé par Hannah, l'étranger avançait à ses côtés vers l'allée principale. Mon regard a croisé celui de Dodd. Tous deux, après avoir haussé les épaules, nous leur avons emboîté le pas.

Quelque part, vers le fond du jardin, on avait construit une sorte de kiosque sous les grands arbres toujours verts. Il y avait une véranda, sur laquelle des hommes en sarong étaient affalés dans des chaises longues. Le jeune homme s'arrêta :

– Je me permets de vous inviter à prendre une limonade fraîche, dit-il, de son anglais cérémonieux.

– Oh! répondit Hannah, prise de court. Mais oui! C'est une excellente idée. Je serai ravie de m'asseoir.

Dodd jeta un furtif coup d'œil sur sa montre :

– Je ne boirai pas de limonade, mais je vais m'asseoir avec vous tout de même, dit-il.

Assis sur la véranda, nous regardions le vert intense de la végétation luxuriante. Le jeune homme sautait d'un sujet de conversation à l'autre; il semblait incapable de poursuivre une idée et de la développer. Cela me fit mauvais effet, et j'essayai de deviner, d'après le ton de Hannah, si elle le trouvait aussi déconcertant que moi.

Dodd ne faisait pas attention. La chaleur des plaines ceylanaises l'accablait et l'on voyait bien qu'il était fatigué. Pensant que j'arriverais peut-être à noyer le bavardage du jeune homme, je me suis tourné vers Dodd et je me suis mis à parler de ce qui me passait par la tête : le renouveau de l'artisanat du masque à Ambalangoda, les diverses formes de danse rituelle, le taux élevé de criminalité chez les pêcheurs convertis au catholicisme. Dodd écoutait et il hochait la tête de temps en temps, en guise de réponse.

Soudain, j'entendis le Cingalais qui disait à Hannah : J'ai tout à fait la maison qu'il vous faut. Un don du Seigneur, à vos mesures exactes. Très calme, bien protégée.

– Mais non! répondit-elle en riant. Nous n'avons pas besoin de maison, nous repartons dans quelques semaines.

Je lui lançais un regard d'avertissement, espérant l'empêcher de mentionner – dans la foulée – le nom de l'endroit où elle séjournait. Peine inutile, le jeune homme ne prêtait aucune attention à ce qu'elle disait.

– C'est parfait! Vous n'êtes pas là pour acheter des maisons. Mais il faut voir celle-ci et le raconter à vos amis. Un investissement superbe, sans aucun doute. Puis-je me permettre de me présenter, je vous prie? Justus Gonzag, Sonny pour les amis.

Son sourire – simple grimace dépourvue de chaleur – me causait une gêne physique.

– Venez, quand même. Cinq minutes à pied, c'est garanti.

Il lança un regard interrogateur à l'adresse de Hannah.

– Je pense vous offrir un livre de poèmes. Mes œuvres. J'y mettrai un autographe avec votre nom. Cela me rendra très heureux.

– Oh! dit Hannah, une note de désarroi perçant dans sa voix. Puis elle se reprit et sourit : Ce serait charmant. Mais vous comprenez, nous ne pouvons rester qu'une minute.

Il y eut un silence.

– Ne pourrions-nous pas aller en voiture, au moins? interrogea Dodd, d'un ton plaintif.

– Impossible, monsieur. Chez nous, nous avons les routes très étroites. Les voitures ne passent pas. Tout sera arrangé en un clin d'œil, je m'en occupe.

Il appela un garçon, auquel il parla assez longtemps en cingalais. L'homme hocha la tête et disparut à l'intérieur.

– Votre chauffeur va maintenant apporter la voiture ici. Il y a une entrée, c'est tout près.

Il me sembla que là, il exagérait. Je lui ai demandé comment il s'imaginait qu'on pourrait identifier notre véhicule.

– Pas de problème. J'étais présent quand vous êtes sorti de la Pontiac. Votre chauffeur s'appelle Wickramasinghe. Un montagnard, un homme de confiance. Ici, les gens sont impossibles.

Il me devenait de plus en plus antipathique, à chaque fois qu'il ouvrait la bouche.

– Vous n'êtes pas d'ici? lui demandai-je.

– Non, non! Mon origine, c'est Colombo. Les gens ici sont d'affreux vandales. Chacun de ces brigands porte un couteau dans la ceinture. C'est garanti.

Quand le garçon apporta l'addition, il la signa d'un rapide paraphe, et se leva :

– Si vous voulez, nous allons maintenant voir la maison?

Personne ne lui a répondu, mais nous nous sommes

levés tous les trois et, de mauvaise grâce, nous l'avons suivi vers la sortie des jardins. Notre voiture s'y trouvait déjà. Monsieur Wickramasinghe nous fit un salut de derrière son volant.

La chaleur de l'après-midi s'était dissipée, ne laissant que quelques poches de touffeur çà et là sous les arbres, où il n'y avait pas de vent. Autrefois, le chemin sur lequel nous avancions avait été assez large pour les chars à bœufs, mais la végétation qui l'envahissait des deux côtés l'avait réduit à l'état de sentier.

Au bout de cette allée, se trouvaient deux poteaux en ciment sans grille entre eux. Nous avons franchi cet espace et nous sommes passés dans une vaste cour, bordée de deux côtés par des écuries en ruine. A l'exception d'une seule petite aile en équerre, la maison était entièrement cachée derrière de grands buissons et des arbrisseaux fleuris. Devant la porte, le jeune homme se tourna vers nous, un doigt relevé :

– Pas de bruits, ici, n'est-ce pas? Seulement les oiseaux.

C'était l'heure à laquelle les oiseaux s'éveillent de leur léthargie diurne et un gazouillis indécis sortait des arbres. Il baissa le doigt et se retourna vers l'entrée de la maison :

– Le matin, ils donnent leur concert. Pas maintenant.

– Oh, c'est tout à fait charmant! lui dit Hannah.

Il nous fit traverser une série de pièces vides et sombres. Pour le dhobi, ici il faisait de la lessive! Et ici, c'est la cuisine, voyez-vous? Style de Ceylan. Charbon de bois, rien d'autre. Mon père, il ne veut pas le gaz, ni la paraffine, même à Colombo!

Nous nous sommes attroupés dans un bout de couloir, pendant qu'il ouvrait une porte, passait la main à l'intérieur et inondait la pièce d'une lumière crue qui nous éblouit. C'était une petite chambre qui semblait encore diminuée par le rouge écarlate et brillant dont on avait peint les murs et le plafond. Un vaste lit orné d'un couvre-lit en satin, d'un rouge légèrement plus soutenu occupait presque toute la place. Le long d'un des murs, il y avait une rangée de chaises à dossier droit.

– Asseyez-vous et mettez-vous à l'aise, nous enjoignit notre hôte.

Une fois assis, nous n'avions rien d'autre à faire que de fixer le lit et trois portraits encadrés contre le mur derrière : à gauche, une jeune fille; au milieu, notre hôte; à droite, un autre jeune homme. Ces portraits avaient toute l'imprécision de photos d'identité qui auraient subi plusieurs agrandissements successifs.

Hannah toussa. Elle ne trouvait rien à dire. La chambre dégageait une poignante odeur d'encens vieilli, telle une chapelle désaffectée. J'eus une si forte impression de grotesque et d'absurdité, à nous voir là, coincés entre le mur et le lit, que cela me coupa un instant toute possibilité de réfléchir. Pour une fois, le jeune homme se taisait; il était assis, immobile et regardant droit devant lui, comme s'il était au théâtre.

Au bout d'un temps, je me suis senti obligé de rompre le silence. Me tournant vers notre hôte, je lui ai demandé s'il dormait dans cette chambre. Ma question lui a causé une sorte de choc.

– Ici? s'est-il écrié, comme si la chose était inconcevable. Non, non! Cette maison est vide. Personne ne dort sur les lieux. La nuit, un gars solide pour surveiller, c'est tout. Excusez-moi un instant.

Il se releva d'un bond et quitta la pièce à la hâte. Nous avons suivi l'écho de ses pas dans le couloir. Puis, à travers le silence, nous avons perçu le tintement sonore d'une grosse horloge de parquet; ce bruit réconfortant accentuait le côté étrange et improbable de notre cellule si brillante, rouge sang.

Dodd remua sur sa chaise, cherchant une meilleure position; trop proche du lit, il ne pouvait croiser les jambes.

– Partons, dès qu'il reviendra, marmotta-t-il.

– Il cherche son livre, je pense, dit Hannah.

Nous sommes restés quelques instants à attendre, puis je leur dis :

– S'il n'est pas revenu dans deux minutes, je propose de nous lever et de déguerpir. Nous trouverons la sortie sans difficulté.

– Hannah a protesté :

– Ce serait impardonnable.

A nouveau, nous étions assis dans le silence. Dodd avait mis la main en visière pour se protéger les yeux de la réverbération. Lorsque Sonny Gonzag reparut, il tenait un verre d'eau, qu'il but, debout dans la porte. Il avait changé d'expression, il respirait en haletant et semblait préoccupé. Posément, nous nous sommes levés; Hannah avait toujours son air d'expectative.

– Nous partons alors? dit notre hôte. Venez.

Son verre vide à la main, il éteignit les lumières, ferma la porte et nous fit traverser à toute allure une pièce somptueuse, meublée de larges divans, de paravents en laque de Coromandel et de bouddhas en bronze. Nous avons à peine eu le temps d'y jeter quelques rapides coups d'œil, tant nous devions nous presser pour le suivre. En passant le seuil de la porte d'entrée, il a lancé une parole brève et péremptoire par-dessus son épaule vers l'intérieur, sans doute à l'intention du gardien.

De ce côté-ci, il y avait une large pelouse mal entretenue, ornée de quelques massifs d'aréquiers. Leurs tiges élancées souffraient des racines et des feuillages de philodendrons, qui les enserraient comme un étau. Des lianes étalaient leur réseau déplaisant au sommet des buissons, comme de gigantesques toiles d'araignée. Je devinai que Hannah pensait aux serpents. Elle gardait les yeux rivés au sol, et faisait attention de poser les pieds sur le pavé, passant d'une pierre à l'autre, tout autour de la maison, jusqu'aux écuries, puis vers l'allée de sortie.

Le rapide crépuscule tropical était tombé. Personne ne parlait. Devant la voiture, nous avons retrouvé M. Wickramasinghe.

– Salutations distinguées, alors, et dites à vos amis de chercher Sonny Gonzag s'ils viennent à Gintota. Il tendit la main à Dodd, le premier, puis à moi, enfin à Hannah, avant de nous quitter.

Mes parents ne parlèrent presque pas sur le chemin du retour. La route vers Galle était étroite et les lumières aveuglantes des voitures en sens inverse les rendaient nerveux. Pendant le dîner, nous n'avons rien dit de notre après-midi.

Le lendemain, au petit déjeuner, sur la véranda balayée par la brise matinale, nous avions pris assez de recul pour parler de notre aventure.

– Je me suis réveillée toute la nuit, et je revoyais chaque fois cet affreux lit, dit Hannah.

Dodd poussa un grognement.

Pour ma part, je leur dis que cela m'avait rappelé la télévision, quand on ne met pas le son : On voit tout, mais on ne comprend pas ce qui se passe.

– Le gars était complètement siphonné, déclara Dodd. Cela se voyait à des kilomètres!

Hannah ne l'écoutait pas.

– C'était sans doute une chambre de bonne... Mais quel besoin avait-il de nous y emmener, je me demande... Il y a quelque chose de très déprimant dans toute cette histoire. Quand j'y pense, cela suffit à me donner un peu mal au cœur. Et ce lit, quelle horreur!

– Eh bien, cesse d'y penser, alors! lui dit Dodd. En ce qui me concerne, je vais chasser cela de mon esprit. Il attendit une seconde. Voilà, je me sens déjà mieux. C'est ce que font les bouddhistes, n'est-ce pas?

Les vacances ensoleillées ont continué quelques semaines encore, avec des déplacements un peu plus importants vers l'est : Tissmaharana et les éléphants sauvages de la réserve de Yala. Nous ne sommes plus retournés à Colombo, jusqu'au jour de l'avion.

Le temps plombé de la mousson arrivait du sud-ouest pendant que nous remontions le long de la côte. Un violent orage nous a accueillis à Mount Lavinia où nous sommes arrivés au milieu de l'après-midi, à l'hôtel où nous avions réservé.

Le fracas des vagues devant ma chambre était si fort que Dodd a fermé les fenêtres pour entendre ce que nous disions.

J'avais profité de ce voyage à Colombo pour organiser un rendez-vous avec mon avocat, un Indien de langue telugu. Nous devions nous retrouver dans le bar du *Galleface,* au bord de la mer, à quelques kilomètres. Je prévins Hannah que je serais de retour à six heures. Lorsque je pris la route, la pluie s'était un peu calmée.

Un courant d'air humide traversait le hall du *Galleface,* mais l'atmosphère enfumée du bar n'en profitait pas; seuls les ventilateurs y faisaient de légers remous. En entrant, la première personne que je vis fut Weston, de la banque anglaise. Mon avocat n'était pas encore arrivé; je me suis installé au bar à côté de Weston et j'ai commandé un whisky.

– N'est-ce pas vous que j'ai aperçu aux courses à Gintota, le mois dernier? Vous étiez avec un couple assez âgé.

– J'y étais avec mes parents, mais je ne vous ai pas vu.

– Je n'étais pas sûr; vous étiez trop loin. Mais par la suite, j'ai remarqué les mêmes trois personnes avec un drôle de personnage, un type connu dans le coin. Qu'avez-vous pensé de Sonny Gonzag?

– Il nous a traînés jusque chez lui, ai-je répondu en riant.

– Vous connaissez l'histoire, j'imagine.

– Non.

L'histoire, qu'il me raconta en se délectant, avait commencé le lendemain du mariage de Gonzag. Il était entré par hasard dans une chambre de domestique et y avait trouvé sa jeune épouse, au lit avec le garçon d'honneur. L'histoire ne dit pas comment il se trouve qu'il avait un pistolet sur lui, n'empêche qu'il les avait tués tous les deux, d'une balle en plein visage, et qu'ensuite il avait découpé les corps en morceaux. Ce genre de choses – ainsi que me le précisait Weston – n'est pas tellement rare. Ce fut le procès qui fit scandale. Gonzag passa quelques semaines dans un hôpital psychiatrique, puis on le laissa rentrer chez lui.

– Vous imaginez, me dit Weston, l'exploitation politique des événements. Les pauvres vont en prison pour une poignée de riz, mais les riches peuvent tuer impunément, et ainsi de suite. On mentionne encore cette affaire dans les journaux de temps à autre.

J'étais en train de penser à la veste rouge vif et au Jardin botanique. Non, lui dis-je, je ne savais rien de tout ça.

– Il est fou à lier, mais il est là, libre de faire tout ce qui lui passe par la tête. Et ce à quoi il s'acharne, maintenant, c'est à faire venir les gens dans cette maison, pour leur montrer la chambre où se sont déroulés ces épisodes historiques! Plus il y en a, mieux cela vaut, en ce qui le concerne.

A ce moment-là, je vis mon Indien qui entrait dans le bar. Je vous crois, dis-je à Weston, si incroyable que ce soit.

Puis, je me suis tourné vers l'avocat pour le saluer. Tout de suite, il a commencé à se plaindre de l'atmosphère confinée du bar, et nous sommes allés nous asseoir dans le salon.

Je suis rentré à Mount Lavinia, à temps pour prendre un bain avant le dîner. Allongé dans l'eau tiède, j'essayai de me figurer les réactions de Dodd et de Hannah, quand j'allais leur raconter ce que je venais d'apprendre.

Pour ma part, j'étais plutôt content de connaître l'ensemble de l'histoire. Mais eux, en raison de leur âge, allaient peut-être ruminer les détails et s'en faire un sujet d'épouvante qui pourrait, rétrospectivement, leur gâcher le séjour. Au moment où je suis passé les chercher pour le dîner, je n'avais toujours pas décidé si, oui ou non, je devais tout leur raconter.

Nous avons pris une table aussi loin de l'orchestre que possible. Hannah avait fait des efforts de toilette et ils parlaient tous deux avec plus d'animation que d'ordinaire. Je compris qu'ils étaient contents de rentrer à New York. Vers le milieu du repas, ils ont évoqué les moments les plus mémorables de leur voyage : le temple de la Dent; les deux bébés tigres à Dehiwala, qu'ils avaient pu caresser, mais qu'ils avaient renoncé à acheter, non sans regret; le dîner indonésien sur la pelouse de monsieur Bultjen et l'instant où l'oiseau-mainate s'était approché de Hannah en sautillant et lui avait dit : « Finis ton assiette » et le cobra qu'on avait trouvé, caché sous le canapé, pendant le thé chez madame de Sylva.

– Et l'*étrange* jeune homme dans cette maison si bizarre, ajouta Hannah d'un ton pensif.

– Quelle maison? interrogea Dodd, en fronçant les sourcils pour mieux se rappeler. Soudain, cela lui est revenu. Ah, mon Dieu! marmotta-t-il. Ton ami personnel. Puis il se tourna vers moi : On peut dire que ta mère a le don de les choisir!

On entendait, au-dehors, le rugissement des vagues. Hannah semblait absente. Tout à coup, elle s'écria :

– Je sais! C'était comme une visite de temple, avec un bhikku pour nous guider. C'est bien cela leur nom?

Dodd renifla avec dédain :

– Drôle de temple!

– Mais non, je parle sérieusement. Pour lui, cette pièce avait un sens particulier. Comme une sorte d'autel.

Je tournai les yeux vers elle. Elle avait compris l'essentiel, sans avoir besoin de connaître les détails.

– J'ai eu le même sentiment, lui dis-je. Bien sûr, nous ne saurons jamais.

Elle sourit :

– Eh bien, ce qu'on ne sait pas ne fait pas de mal.

Cent fois, j'avais entendu l'expression dans sa bouche, en me demandant ce qu'elle voulait dire au juste, c'était si loin de la vérité. Mais pour une fois, son dicton s'appliquait parfaitement.

– C'est vrai, lui ai-je répondu en hochant la tête.

# NOTE DU TRADUCTEUR

En intitulant ce recueil *Réveillon à Tanger,* j'ai voulu avant tout éviter ce qu'une traduction littérale du titre « Messe de minuit » aurait eu de trop européen, de catholique, alors que ces nouvelles sont situées en milieu exotique, bouddhiste ou musulman, au Maghreb ou en Extrême-Orient.

De plus, si Bowles n'écarte pas toute idée de l'au-delà, de ce qu'il peut y avoir derrière ce « ciel qui nous protège » selon le titre original d'un de ses romans, cet entomologiste de l'âme humaine semble craindre par-dessus tout l'irrationnel, souvent si comique, et ne donne pas à sa pensée une forme religieuse.

De « Malika », bref roman initiatique, aux nouvelles plus sombres telles que « le Puits », « Dans la chambre rouge » ou « Allal », ainsi que dans « le Fqih », sorte d'opéra-minute de la vie villageoise dans un bled reculé et, dans toutes les nouvelles de ce recueil, on trouve un certain nombre de vocables étrangers. Je les ai conservés dans la version française afin de respecter le souhait de l'auteur et la saveur de son style.

Claude-Nathalie THOMAS

## GLOSSAIRE

*adoul* (singulier : *adel*) : notaires
*Aïssaoua :* confrérie religieuse
*Aïd el-Kebir :* fête annuelle du Mouton
*aoulidi :* mon fils
*arroyo :* petit ruisseau
*bacal :* épicerie, épicier
*bendir :* tambour en forme de disque
*berrani :* étranger
*bhikku :* moine bouddhiste
*Bismil'lah :* Au nom d'Allah
*cabrozel :* pâtisserie en forme de croissant fourrée à la pâte d'amande
*chedis :* flèches surmontant les grands temples bouddhistes
*dillal :* personne qui se charge de la vente aux enchères dans un marché
*fondouq :* caravansérail
*fqih :* spécialiste du Coran, souvent consulté comme exorciste
*haïk :* grand châle dont s'enveloppent traditionnellement les femmes musulmanes pour sortir
*Hamdoul'lah :* Allah soit loué

*Jilala* : confrérie religieuse. Comme celle des Aïssaoua, leurs cérémonies font appel à une musique particulière
*joteya* : marché aux puces
*majoun* : ce mot recouvre toute une série de préparations dans lesquelles le chanvre indien, ou kif, est réduit à une forme comestible
*mejdoub* : un fou qui est en même temps chérif et donc respecté
*mijmah* : brasero
*moqqaddem* : chef d'orchestre d'un groupe de musiciens traditionnels
*mroziya* : plat de fête, viande cuite dans le miel
*msid* : école primaire coranique
*pinchitos* : brochettes
*qahouaji* : personne qui prépare le café ou le thé dans un café
*riad* : jardin clos de murs
*sebsi* : pipe à kif
*smayyim* : moment le plus chaud de l'été
*taïfor* : table basse de forme ronde
*tchar* : village
*tolba* (singulier : *taleb*) : étudiants en théologie

TABLE DES MATIÈRES

CET OUVRAGE
A ÉTÉ COMPOSÉ
ET ACHEVÉ D'IMPRIMER
PAR L'IMPRIMERIE FLOCH
À MAYENNE EN MARS 1987
POUR LE COMPTE DE QUAI VOLTAIRE
5, QUAI VOLTAIRE, 75007 PARIS

ISBN : 2-87653-003-1
Dépôt légal, avril 1987
N° d'édition 004. N° d'impression : 25308

*Imprimé en France*